스물다섯
스물아홉
꿈꾸는 인쟁기

스물다섯 스물아홉
꿈 꾸는 인쟁기

우현준 자전소설

고요아침

/서문/

안과 의사가 머루 같은 눈을 뜨고 눈을 보는 순간,
나는 눈이 멀어가는 사람이 됐다.
눈이 서서히 멀어가다가 실명하는 망막색소변성증.
오늘도 색채와 소리 없이 작별한다.
대문호 괴테가 말했다지.
색채는 빛의 고통이라고.
나는 빛의 고통이 그리는 아름다운 세상을 봤다.
후회도 미련도 없다.
이대로 눈이 멀어도 괜찮다.
조금 남은 시력이 오래오래 머물렀으면 좋겠지만
어둠의 시간을 피할 마음은 없다.
지금은 어둠 속으로 영혼의 등불을 들고 걸어갈 시간,
고통을 견디면 어떤 물감으로도 내지 못하는 자신의
색채를 가지는 법.
그 색채가 자전 소설 인쟁기다.
문어체는 신분의 차이를 두지 않기 위해
경어체를 쓰지 않았으며

대화체는 기억의 한계로 문학의 힘을 빌렸다.
그것이 자전 소설의 운명인지 모른다.
눈을 감고 컴퓨터 음성을 들으며
타고난 기억력을 따라
한 자, 한 자
아름답진 않아도 담백한 문체로
나는 쓴다.
가난과 장애의 쟁기를 지고
인생의 밭을 가는 이야기를.

2022년
오얏꽃 피는 봄날에
우현준

/추천사/

빛의 고통이 그리는 아름다운 세상은 재미와 감동을 주는 작품이다. 시인은 책장마다 웃음을 남겨 독자의 시선을 사로잡아 몰입하도록 만든다. 필자는 시력이 서서히 멀어가는 망막색소변성증 진단을 받고 경증 시각장애인이 되지만, 실명할 내일보다 빛이 색채를 그리는 오늘을 살아간다. 절망의 늪에 매몰되지 않고 꿈을 향해 달팽이처럼 걸어가는 삶이 감동을 자아낸다. 시적인 문장은 한 편의 시를 읽는 느낌이 들며, 생활 속에서 건져 올린 시 9편은 글과 어우러져 글맛을 불러일으킨다. 경북 북부 방언과 농촌에서 얻은 비유를 사용해 현실성을 확보했다는 점이 인상 깊다. 컴퓨터 음성을 듣고 완성도 높은 작품을 내놓자면 얼마나 강한 의지와 집념이 필요할까? 단문으로 펼치는 시인의 필력에 감탄하며 이 책을 친구에게 선물하고 싶다. 종교소설도 연애소설도 가족사도 아닌 한 사람의 족적이 재미와 감동의 길로 이끈다.

— 박연서 특수교사. 우현준 시인의 아내

/추천사/

시인 우현준의 자전 소설 〈스물다섯 스물아홉 꿈꾸는 인쟁기〉를 읽었다.

스물네 살 나이에 서서히 실명하게 된다는 망막색소변성증이라는 진단을 받았다. 이 병은 유전성질환이라고했다. 이러한 숙명에서 필자는 서문에 "지금은 어둠 속으로 영혼의 등불을 들고 걸어갈 시간"이라는 의미심장한 각오를 새김하고 있다. 또 "자신을 가난과 장애의 쟁기를 지고 인생의 밭을 가는 사람"이라고 소개하며 스스로 '꿈꾸는 인쟁기'라고 했다. 대단한 멘탈의 소유자이다.

소설 속의 특정 장면마다 사실적인 묘사로 읽는 이로 하여금 현장감을 환상적 차원으로까지 유도한다. 간결하고 짧게 끊어 내는 문장이 마치 시의 구문을 읽는 듯하다. 간간이 이어지는 구어체口語體에서 인간 우현준의 인간애의 그리운 정과 사물에 대한 애착심을 느끼고 엿보게 된다.

"날개를 다친 어린 새 같아요"

"성경은 마음을 바꾸지~쟁기를 잡고 인생의 밭을 갈아"

등의 문체가 맛깔스럽게 와 닿는다.

— 박이도 시인, 경희대학교 명예교수

/차례/

서문…04
추천사_박연서…06
머리말_박이도…07

첫 번째 이야기
설명이 없는 아픔
—
1. 마음의 준비…13
2. 병실 사람들…17
3. 산삼 먹고 길을 나서다…22
4. 한 지붕 두 가족…31
5. 쨍하고 해 뜰 날…37
6. 서울에서 걸려 온 전화…44
7. 정동진의 태양…51
8. 다시 그 거리에 선다면…58
9. 나는 바보가 아니야…70

두 번째 이야기
새로운 출발
—

10. 다시 시작…81
11. 신학교의 새벽…87
12. 하늘을 지고 가는 길…94
13. 영혼과 바꿔도 아깝지 않을 아이…102
14. 우리 다시 만나자…108
15. 마음의 등대…116

세 번째 이야기
다시 찾아오는 봄
—

16. 밥 먹고 가세요…127
17. 교회 마당에 봄은 내리고…134
18. 너에게 가는 길…142
19. 나의 길 나의 운명…150
20. 인생 그래프…156

발문_이지엽…166
후기…169

첫 번째 이야기

―

설명이 없는 아픔

인쟁기

길이 없다고 고개 떨구는 사람아
어깨에 끈을 메고 밭을 걸어가라
뒤에서 쟁기 잡고 밭을 가는 이는
앞에서 끈을 당기는 이가 길이다

1. 마음의 준비

"마음의 준비를 하십시오."

의사는 겨울 먼지 같은 목소리로 진단 결과를 내뱉는다. '여기 안과인데? 저런 말은 내과나 신경과에서 하는 말인데? 이거 뭐야, 지금 내 눈이 먼다는 소리 아니야?' 머릿속에서 의문이 추측을 지나 확신을 향해 내달린다. 붓끝에서 초서가 흐릿하게 떨리는 날, 눈에 심각한 문제가 생겼다고 짐작했지만 꿈에도 실명이라는 단어는 생각하지 않았다.

겨울이 칼바람을 몰고 오던 작년 1월 3일, 오른쪽 귀에 돌발성 난청이 발병했는지 아무 소리도 들리지 않아 귓구멍을 손가락으로 후비고, 머리를 이리저리 움직여도 한쪽 귀로만 말이 들렸다. 아버지는 밥 먹고 나면 괜찮다고 대수롭지 않게 여겼다. 한쪽 귀가 먹은 채로 저녁밥을 먹고 잠들었다. 우리 집에선 눈에 보이지 않는 병은 중병이 아니다.

창문으로 빛이 스며들었다. 시린 손을 비비며 장작을 팼다. 파작, 왼쪽에서 장작 패는 소리가 크게 울렸다가 오른쪽에서 먹먹하게 사라졌다. 소깝 한 단을 풀어 군불을 지피고 아침밥을 먹었다. 오른쪽 귀에서 밥을 씹는 소리는 더 크게 들렸다. 안동병원에서 엑스레이와 MRI를 찍고 평형을 잡는 전정 기관을 검사해도 병명은 나오지 않았고, 병든 병아리처럼 시름시름 앓기 시작했다.

스물셋 최연소 농사꾼은 겨울이 가고 농번기가 와도 일어나지 못했다. 아버지 어머니는 밭으로 나가고, 고택에 찬밥처럼 누워 누런 천장을 보며 고통의 시간을 견뎠다. 어머니가 밀어놓은 소반에는 흰죽과 김치와 된장이 덮여 있었다. 먹을 힘이 있으면 먹고, 먹을 힘이 없으면 죽은 배추처럼 누워 있었다. 돌아보면 돌아보기 싫을 만큼 아픈 시간이었다. 토하고 토하다 내장까지도 토할 것 같은 날은 이어지고 몸무게는 무섭게 줄어 갔다. 어머니는 아침이면 아들이 살았는지 죽었는지 기척을 확인하고 방문을 열었다고 한다. 다행히 잠결에 한쪽 귀는 저절로 들렸다. 고통에 저린 겨울이 가고 해가 바뀌었다. 소쩍새 우는 소리가 가물가물한 봄밤, 구급차를 타고 영주병원을 거쳐 서울병원 이비인후과에 입원했다. 자가 호흡이 곤란해도 말하는 상태였기 때문에 산소줄을 꽂는 응급처치가 전부였다. 쥐불놀이처럼 사물이 어지럽게 빙빙 돌고 사람 눈이 네 개로 보이는 증상은 갈수록 심해졌다.

　병원에서 주는 휠체어를 타고 정밀검사를 받았다. 역대급 청력 검사를 보고 입을 벌리던 의사의 옆모습이 방금 찍은 사진같이 선명하다. 주치의는 영양 부족 말고는 아무런 결과가 나오지 않았다며, 병원에서 비용을 부담하는 조건으로 MRI를 다시 찍자고 했다. 온순한 양같이 원통 속에 들어갔다. 특별히 두 번이나 촬영하는 바람에 따따따따, 함마드릴 같은 소리를 한 시간 넘게 들었다. 주치의는 이번에도 결과가 나오지 않았다면서 일본병원에 알파 토코페롤 검사를 의뢰하자고 제안했다. 공짜라는 소리에 팔을 걷었다.

　눈과 귀가 멀어 가는 어셔증후군은 아니지만, 안과 의사가 마음의 준비를 하라는 말로 휠체어를 울린다. 내 눈을 보면서도 나를 보지 않는 의사 눈이 찝찝하다.

　"눈 떨림 치료제는요?"

　의사는 모니터로 얼음처럼 차가운 눈길을 던지면서 "치료제가 있긴 한데 별로 효과는 없어요." 하고 시치미를 뗀다. 하늘 같은 선생님은 어제 이 자리에서 치료제가 있다고 큰소리치지 않았던가. 어머니는 의사의 지시대로 내가 잠을 자는 무의식 상태에서 눈동자가 떨리는지 꼬박 일곱 시간을 지켜봤다. 마스카라를 칠했는지 속눈썹이 짙은 의사 얼굴을 덤덤하게 쳐다보다 아버지에게 병실로 돌아가자는 눈빛을 보냈다. 나는 병명을 묻지 않았고 의사도 병명을 말하지 않았다. 이상한 환자와 이상한 의사의 이상한 면담이다.

 내일은 다가오지 않은 날, 휠체어 손잡이를 붙잡았다. 진단 결과를 거부하고 싶은 마음은 없다. 마음속에 마음의 준비를 하라는 말을 담지 않을 뿐이다. 내일의 걱정은 내일의 몫이다. 휠체어에서 일어나 집으로 돌아가고 싶어도 몸은 물에 젖은 종이처럼 움직이지 않는다. 아버지는 실명 예고 통보를 받은 아들의 휠체어를 밀며 걸어간다. 부자는 승강기 앞에 멈춘다. 6층, 5층, 3층, 2층, 1층 숫자는 자꾸만 바뀐다. 창문 너머 스물넷, 찬란한 오월의 봄날이 내려앉는다.

2. 병실 사람들

　병실로 돌아오는 복도에서 남자의 검정 구두에 휠체어 발판이 옷깃같이 닿았다. 다리를 꼬고 앉은 남자는 재수가 없다는 듯 인상을 구기며 고개를 돌렸다. 부자는 미안하다는 말도 없이 병실로 직진했다. 14층 이비인후과 병실 문 앞 침대에 링거를 달고 누웠다. 하루, 이틀, 사흘, 나흘이 지나도록 구토 증세가 심해 물 한 모금도 마시지 못했다. 병세가 며칠 더 지속되면 중환자실로 갈 판이다. 간호사가 체온계를 들고 뛰어온다.
　"간호사님, 추워요."
　"열이 높아서 이불을 덮으시면 안 돼요."
　"제 가슴이 두근거리는데 한 번 만져보세요. 자꾸 두근거려요."
　또래로 보이는 간호사는 잠깐 망설이다 가슴에 하얗고

가느다란 손을 얹는다.

"어때요? 두근거리죠?"

"괜찮은데요."

간호사들은 이때부터 나를 멀리하는 눈치다. 혈압도 문진도 체온도 번개같이 잰다.

간호사가 창가 침대가 비자 어머니에게 묻는다.

"저쪽 침대를 쓰시겠어요?"

다섯 걸음을 걷지 못해 휠체어를 타고 자리를 옮겼다. 6인실 맞은편 침대에는 말할 때마다 코를 킁킁거리는 50대 아저씨가, 그 옆 침대에는 40대 독실한 가톨릭 신자가, 그 옆 침대에는 13시간 대수술을 마친 30대 청년이 보호자도 없이 누웠다. 내 옆 침대에는 20대 후반에 들어선 덩치 좋은 총각이, 그 옆 침대에는 할머니와 아침저녁으로 부부싸움하는 할아버지가 정정하게 앉았다. 가톨릭 아저씨는 식사 때마다 성호를 긋고 사람 좋은 얼굴로 쌕쌕이 같은 음료수를 돌렸다. 의사들이 오후 회진 시간에 몰려와 귓속에 결핵이 생겼다고 말해도 아저씨의 낯빛은 윤슬에 비친 낮달이다.

"어, 엄마, 지금? 귓속에 결핵이 생겼는데 치료하면 낫는대. 여기 1407호 이비인후과 병실이야."

아저씨 어머니가 병원으로 온다는 전화다. 그의 어머니는 한쪽 팔에 깁스를 대고 병실로 들어와 아들의 침대에 버력 누워버렸다. 병실 사람들은 환자와 보호자가 뒤바뀐 상황에 동작 그만 자세로 시선을 붙박았다. 아저씨 어머니는 병원 에스컬레이터를 타다 넘어지는 바람에 팔을 다쳤고, 병실이 없어 아들의 침대를 차지했다. 가톨릭 아저씨는 보호자용 침대에 누워 왼쪽 귀에 붕대를 둘둘 감고 여전히 사람 좋은 얼굴로 끙끙대는 어머니를 위로하면서 잠을 청했다.

"바리움 한 대 놓아 드릴까요?"

어지럼증을 호소하자 간호사는 마약류의 진통제를 주사한다. 혈관에 주사액이 번지는지 왼쪽 팔뚝이 서늘하다. 눈꺼풀이 내려오고 눈 떨림도 어지러운 증상도 강물에 띄운 종이배처럼 가라앉는다. 툭툭, 누군가 팔을 치며 단잠을 깨운다. 하얀 가운을 입은 정신과 의사가 침대 끝에 서 있다.

"정신과 의사입니다."

"아, 예."

"잠은 잘 자시나요?"

"네, 어지러워도 잠은 잘 자요."

"밥은 잘 드시나요?"

"아니요. 밥을 못 먹은 지는 오래됐어요."

간호사들은 정신과 의사가 문진을 마치고 돌아간 밤부터 친근한 말을 건네 왔다. 물을 마시지 못해 소변을 보지 못하는 상태라며 위로도 하고 혈압도 천천히 쟀다. 나보다 서너 살 많아 보이는 간호사는 정신에도 문제가 없다면서 남동생 대하듯 반말하고 팔을 톡톡 토닥였다. 하마터면 누나라고 부를 뻔했다.

맞은편 아저씨가 사복으로 갈아입고 쿵쿵거리며 충청도 억양으로 어머니에게 말한다.

"인제 퇴원해요."

"아이고, 잘됐니더. 조심해 가이소."

직업이 목수인 아저씨는 오른쪽 어깨에 검정색 가방을 메고 병실을 나갔고, 일곱 살 여자아이 규리가 들어왔다. 규리는 선천성 청각장애를 가졌으며 한쪽 귓바퀴가 형성되지 않아 수술을 기다리는 중이다.

"하이고, 둥치도 좋테이. 저런 아들이 있으믄 얼매나 든든할꼬?"

옆 침대 환자를 보고 무심코 내뱉는 어머니의 말이다. 침대에 앉는 청년은 덩치가 황소다. 150cm 어머니의 몸에서 176cm 아들이 나왔으면 됐건만, 씨름선수처럼 덩치 좋은 청년이 못내 부러운 모양이다.

"나의 기쁨 나의 소망되시며 나의 생명이 되신 주 밤낮 불러서 찬송을 드려도 늘 아쉰 마음뿐일세." (찬송가 95장 1절)

규리 엄마가 불 꺼진 병실에서 규리를 토닥이며 나지막

이 부르는 찬송이 가슴을 울린다.

　하루, 이틀, 사흘이 지나갔다. 눈부신 봄날 아침, 일어나 앉아 물을 마시고 흰죽을 먹었다. 어머니도 간호사도 의사도 아무도 모르는 사이에 걸어 다녔다. 복도에서 눈을 동그랗게 뜨고 어깨를 툭 치던 간호사 얼굴이 뇌리에 영상처럼 남아 있다. 아버지는 병원 생활 내내 휴게실 의자에서 잠을 잤고 어머니는 보호자용 침대에서 잠을 잤다. 마을 사람들이 우리 밭에 수박과 고추를 다 심어 주고 두레처럼 번갈아 가면서 농사일을 대신 해줬다. 5월 6일에 입원해 6월 6일에 퇴원했으니 꼭 한 달 만에 외출이며, 스물셋 1월부터 다음 해 6월까지 1년 5개월 투병 끝에 훨훨 자유를 얻었다.

3. 산삼 먹고 길을 나서다

　아버지 어머니와 함께 영주행 기차에 올랐다. 차창 너머로 바둑판같이 심어 놓은 파란 모들과 개미 같은 농부들이 평화롭게 지나가고, 유월 강산이 펼치는 풍경은 눈부시도록 찬란했다. 영주역에서 기다리는 큰자형 지프를 타고 산을 휘돌아나가는 낙동강을 지나 굽이굽이 산을 넘어 그리움이 먼지처럼 쌓인 고향집으로 돌아왔다.
　"이거 먹어라."
　자형이 비닐봉지를 내민다. 봉지를 풀자 신문지가 나오고, 신문지를 풀자 흙 묻은 산삼이 나온다. 자형은 소백산에 올라 산신령에게 소주를 바치고 30년 근 산삼을 캤다. 산삼은 새끼손가락만 하며, 뿌리부터 이파리까지 약 30센티 크기다. 50킬로그램도 나가지 않는 깡마른 몸으로 산삼을 우적우적 씹으며, 관상쟁이처럼 자형 얼굴을 찬찬히 뜯어본다. 1년 5개월 동안 투병하는 사이 큰누나는 선보고 연애하고 결혼했다. 병명도 없이 죽도록 아프느라고 결혼식도 상견례도 참석하지 못한 관계로 자형 얼굴을 처음 본다. 깍두기 머리, 예리한 눈매, 떡 벌어진 어깨, 다부진 몸, 누가 봐도 딱 조폭이다.

아버지 어머니는 다시 밭으로 나가고, 혼자 대청마루에 누워 몸을 돌보며 회복기를 거쳤다. 마을 사람들도 해가 뜨자마자 개미 같은 눈을 뜨고 논밭으로 나갔으며, 해가 지자마자 까만 얼굴로 돌아왔다. 이웃들은 병을 이기고 돌아와 반갑다며 손을 잡았다. 땀 냄새 가득한 인정이 가슴을 물들이고 지금의 가치관을 갖도록 도와줬다. 경북 영주시 문수면 승문1리 단양 우씨 집성촌이 고향이다. 아이들이 들판과 강산, 골목길 어디서 뛰어놀아도 어른들은 든든한 울타리며, 품앗이와 두레 전통이 내려오는 21세기 마지막 마을 공동체다.

아버지 어머니가 집으로 오면 평상에서 저녁을 먹는다. 둥근 밥상처럼 상석도 하석도 없는 평상에 둘러앉아 꿈을 말했다.

"신학교에 가고 싶니더."

아버지 어머니는 아무 말도 못 들은 사람처럼 밥상에 눈을 두고 우물우물 밥만 먹는다. 재작년부터 신학교에 가고 싶다는 말을 꺼낼 때마다 어머니는 가시밭 길이라며 일

축했다. 아버지는 장로교 안수집사며 어머니는 권사지만, 교회당을 일으켜 건축의 기반을 닦으면서 목회자의 길은 농사보다 고된 고생길로 여겼다.

"제가 이레 나순 게 저절로 나순 게 아이고, 하, 하, 하나님이 살려 주신 것 같니더. 여서 농사짓고 사는 것보다 신학교에 갈라니더. 죽었다가 살아난 아들이라 생각하시고 도와주시소."

"안 된데이. 신학교는 한번 떠나믄 고마 명절날 집에도 못 오고 고생길이라."

"그거사 버스 타고 오믄 안 되니껴."

24년 동안 아버지 어머니의 뜻을 단 한 번도 거스른 적이 없지만, 내 안에서 나를 흔드는 성경과 신학을 배우고 싶다.

나는 농부이자 아이들에게 성경을 가르치는 교회 선생이다. 먼 곳에 사는 아이들을 전도하고, 성경을 풀이한 공과를 통째로 외웠다. 앙상한 나뭇가지에 찬 서리가 내리는 재작년 초겨울, 안승하 전도사가 신학교 홍보 책자를 내밀었다.

"선생님은 스피치가 참 좋아요. 타고났어. 신학교 가요."

책자를 받아들고 신학교 사진을 봤다. 가슴이 두근거렸다. 우리 집은 대학 등록금이 없는 집이다. 철마다 농사를 지어도 농협 빚은 눈덩이처럼 불어나고, 초봄에 농자금 대출을 받아 겨울에 이자를 갚기도 버겁다. 빚은 빚을 낳고 가난은 가난을 낳는다. 하루살이처럼 한해살이로 살아간다. 태어나자마자 가난한 집은 아니었다. 소문난 부자로 집이 없는 이들에게 땅을 거저 주기도 했지만, 초등학교 저학년 때부터 논밭을 하나둘씩 팔고 고택 한 채만 남았다. 자취하던 중학교 때는 가족이 한 집에 모여 살지 못할 만큼 형편이 어려웠다. 사글세가 제일 싼 방으로 이사하고 또 이사했다. 아버지가 편지 한 장 남기고 서울로 떠난 겨울날, 속울음을 삼키고 학교에 갔다. 나는 전교 꼴찌였다. 공고 토목과에 진학해 대기업에 기능사로 취업했지만, 아파트 공사 현장에서 일어나는 거센 바람을 견디지 못하고 도지를 붙이는 농사꾼으로 돌아왔다.

스물한 살, 21일 동안 성경책을 읽다 지쳐 잠든 새벽에 꿈을 꿨다. 풀이 무성한 묵정밭 끝에서 작은 광채가 떠올라 점점 다가왔다. 바람이 불어 옷깃이 깃발같이 휘날렸다. 태양보다 더 눈부신 광채에 눈을 가렸다.

"현준아, 너는 세상에서 가장 귀한 사람이야. 공부 못해도 괜찮아. 꼴찌면 어때. 가난하다고 주눅들 거 하나도 없어."

"바보 같은 사람도 가장 귀하나요? 전 아무런 꿈이 없어요. 꼭 날개를 다친 어린 새 같아요."

"성경은 마음을 바꾸지. 너의 열매를 보고 싶어. 쟁기를 잡고 인생의 밭을 갈아. 오직 너 하나밖에 없는 것처럼 지켜볼게. 타고난 기억력을 버리지 마. 내가 너에게 준 선물이니까."

무섭고도 달콤한 잠에서 깨어 눈을 떴다. 여덟 살에 사경을 헤매다 깨어나 바보로 산 날들이 필름처럼 하나둘씩 지나갔다. 아이가 사경을 헤매다 정신을 잃는 장면, 책가방에 전교 꼴찌 성적표를 넣는 장면, 선생님에게 머리를 맞는 장면, 비탈밭에 고추 모종을 심는 장면, 연탄재가 날리는 동네로 이사하는 장면, 저녁 강변에 앉아 강물을 보는 장면, 수박밭에서 땀을 닦는 장면, 어머니에게 살구를 건네는 장면… 햇살에 장면들이 하르르 부서졌다. 창문 너머 14년 만에 새로운 하늘이 밝아왔다. 물속으로 가라앉은 행복의 해를 수평선 위로 띄워 올리고 싶었다. 가난한 농부의 마음에 꿈이 생겼다. 그것을 위해 살고 그것을 위해 죽어도 좋은 꿈이다.

병원에서 돌아온 후로 밥을 먹다 물컵을 쏟고 바늘귀를 꿰지 못하고 돌부리에 걸려 넘어지고 정강이를 부딪쳤다. 투병하는 사이 갑자기 약해진 시력에 적응하기가 어렵나. 마음의 준비를 하라던 서울병원 안과 의사의 말이 생각난다. 여전히 사물이 미세하게 흔들리고 두 개로 겹쳐 보인다. 마당 은행나무 은행잎이 지고, 눈이 내리고, 아버지는 농협 빚을 계산한다. 서랍에서 신학교 책자를 꺼냈다. 산골에서 농사지을 것인가, 신학교로 길을 나설 것인가. 농사꾼으로 살면서 대학에 가는 친구들이 부러운 적은 없었지만, 꿈을 흔들고 존재를 흔드는 돈의 힘을 어쩌지 못하는 신세가 비에 젖은 낙화처럼 처량하다.

소식을 전해 들은 고등학교 친구들이 산촌으로 찾아왔다. 아버지는 먼 길 달려온 아들 친구들이 가뭄에 내리는 단비처럼 반가웠는지 장닭을 잡았다. 야맹증으로 고생하는 마음을 아는 녀석들이 실언 같은 한마디를 던진다.

"우리 밤낚시 가자."

닭을 먹던 수저를 잡은 채로 한 놈, 한 놈 의아한 눈으로 쳐다봤다. 친구들은 고1 설계 시간에 제도펜을 처음 잡던 진중한 눈빛이다. 황보가 팽팽한 활시위를 풀 듯 밥상으로 고개를 돌리며 느긋한 목소리로 말을 잇는다.

"개안타. 우리 손 잡고 가믄 안 돼나?"

녀석들 손을 잡고 낯선 길로 밤낚시를 나섰다. 친구들은 말이 아닌 손으로 위로를 건넸다. 어둠 속에 차가운 낚싯대를 던져놓고 바위처럼 앉아 공고 따라지라고 불리던 날들을 생각했다.

"보래."

"예."

"여게 성서신학원에 가봐라. 야간인데 여도 신학교 아

이라."

　아버지가 방문을 열고 서류 하나를 밀어 놓는다. 어머니가 소반을 밀어놓고 밭일을 나가던 그날처럼. 영주노회에서 운영하는 성서신학원 홍보 책자다. 2년 과정에 등록금은 20만 원이며 목사 안수를 받을 길은 열려 있다. 아버지는 공부가 힘들면 그만 돌아오리라는 속내를 내비쳤지만, 나는 달팽이처럼 느리더라도 평생을 두고 신학의 길을 걸어가고 싶다.

봄을 붙이며

눈 내리는 입춘 새벽
깡깡 얼어붙은 번개탄에
봄을 붙인다
매캐한 연기 올라오는 아궁이
봄을 부르는 연탄불

따스한 기운이 도는 방바닥
홀로 누운 머리맡에 놓인
모판 같은 원고지에
봄은 먼저 달려온다

김 서린 창문 너머로 얼비치는
매화나무 가지
매화꽃은 몰래 숨어들고

절거덕 녹슨 대문을 열고
연탄재로 입춘대길이라 쓰는
옆방 사는 강 씨의 검은 손등 위로 봄눈은 내린다

봄눈 내리는 골목길에 리어카가 들어선다
그득그득 차오르는 연탄 창고
소복소복 봄눈은 쌓이고
싸리 빗자루로 겨울을 쓸어낸다

4. 한 지붕 두 가족

　어둑어둑 회색빛 땅거미가 내려앉는 저녁이면 사물은 수묵화처럼 색채를 잃어가다 어둠에 덮여 사라진다. 야맹증이 심해지는 눈을 뜨고 야간 성서신학원 문을 열었다. 전교생은 1~2학년 모두 합쳐 23명, 최고령자는 71세 할머니, 최연소자는 25세 농사꾼 나다. 도망치기엔 이미 늦은 시간, 맨 앞자리에 책가방을 놓고 화이트보드에 글씨를 지웠다. 고3 7월에 취업을 나간 후로 처음 가는 학교다. 학생들은 거의 직장인과 주부며 수업은 저녁 7시부터 10시까지 있다.
　자취방을 구하기는 쉬웠다. 영주에는 가난한 동네가 두 군데 있다. 한 곳은 간사골이며 다른 한 곳은 삼각지다. 중고등학교 때 다 살아봐서 손바닥처럼 훤한 동네다. 영동선과 중앙선, 북영주선이 삼각형 모양으로 막힌 삼각지에 사글세 6만 원짜리 문간방을 얻었다. 연탄 방 한 칸, 슬레이트

지붕을 얹은 부엌, 공동으로 사용하는 마당과 연탄창고에 달린 재래식 화장실이 전부다. 삼각지는 21세기도 비켜가는 20세기 동네다. 옆방에는 은지네가 세 들어 산다. 나와 은지네는 한 지붕 두 가족인 셈이다.

"아저씨, 은구가 똥 쌌어요."

"아저씨? 니는 내가 어딜 봐서 아저씨로 보이노? 은구가 니 동생이라?"

"아니요. 자는 은지 동생이고 저는 윤후인데요."

"어이, 꼬맹이. 고만 울고 이리 와 본나. 은지는 동생 팬티하고 바지 갖고 오고."

이사한 첫날, 가스레인지에 물을 데워 아이를 씻겼다. 은구는 네 살, 은지는 여섯 살, 길 건너에 사는 윤후는 아홉 살이다. 아이들을 방으로 불러 모았다.

"야들아, 라면 먹자. 너들 무슨 라면 좋아하노?"

"신라면이요."

"웅. 그래, 삼양라면 끓여 줄게."

아이들과 라면을 먹으면서 호구 조사를 했다. 은지 아빠는 막노동하고 엄마는 밤에 들어온다. 윤후는 조손 가정이다. 연탄재가 풀풀 날리는 동네, 넝마주이가 사는 동네, 쥐가 들끓는 동네, 아이들 눈빛에 가난이 어리는 동네, 삼각지. 문간방에 누워 궁색한 방안을 둘러보는 눈길에 바퀴 달린 파란 행거가 먼저 들어온다. 책상으로 사용하는 검정색 밥상, 4단 책장, 쌀자루, 부엌에는 20년도 넘은 하얀색 금성 냉장고, 온기 품은 전기밥솥, 식기와 수저 몇 개가 전부다. 오두막 법정 스님보다는 부자다.

찍찍거리는 소리에 잠을 깼다. 생쥐들이 까만 눈을 반짝이며 쌀자루를 갉아 먹는다. 큰 눈을 마주친 생쥐들은 부엌으로 부리나케 도망친다. 쥐구멍을 시멘트로 막고 또 막았다. 생쥐들은 시멘트를 갉아 먹고 쌀자루를 갉아 먹는다. 삶까지도 갉아먹을 것 같은 생쥐의 생명력을 보면 세상을 거뜬하게 살아내리라는 확신이 생긴다. 생쥐들은 문턱 아래 흙벽으로 출몰한다. 벽을 망치로 허물고 벽돌로 단단히 막고부터 쌀자루는 무사하다.

휴대폰과 PC를 사용하는 신기한 세상이지만, 나는 공동 우체통이 유일한 통신 수단이다. 집배원이 우체통에 우편을 넣는 날이면 그리운 이에게 편지를 쓰고, 우표를 붙이고 여유를 담은 편지봉투를 들고 우체국으로 느릿느릿 걸어가고 싶다. 하루, 이틀, 사흘 설레는 마음으로 편지를 기다리고도 싶다. 세상은 느린 마음에 컴퓨터 글씨를 요구한다. 손글씨로 리포트를 계속 써내기도 민망하다. 마침 큰자형 집에 오래된 컴퓨터가 방을 차지한다는 소리가 들린다. 깍두기 자형은 뚱뚱한 CRT 모니터와 컴퓨터 책상을 지프로 옮겨 놓고 아무 말 없이 떠난다. 컴퓨터에 윈도우 97이 깔려 있다. 화면에 글씨가 보이지 않아 컴퓨터를 사용하지 못했다.
안과 대신 컴퓨터 학원을 찾았다. 강사는 모니터에 뜬 글자를 세 배, 네 배, 다섯 배로 확대한다.
"글자를 키우면 보일까요? 이렇게?"
"예, 잘 보이긴 한데 눈이 좀 부셔서요."
"예?"
학원을 세 곳이나 찾아가도 방법이 없다는 대답이 돌아왔다. 바지 주머니에 손을 찔러 넣고 자취방으로 돌아왔다. 그림자 하나가 녹슨 철대문을 열고 고개를 숙여 들어간다.
'사진은 잘 보이는데 글씨는 왜 눈이 부실꼬? 색깔 문제는 아닐까? 검정색 바탕에 흰색 글씨로 색상을 반전하면 글씨가 보이지 않을까?' 집주인 아들 이로가 화면을 고대비 검정으로 바꾸자 7포인트까지 선명하다. 열 살 이로를 선생으로 삼아 컴퓨터 기본 사용법을 배웠다.
은지가 놀러 오면 컴퓨터부터 켜고 독수리 타법으로 한글을 가르친다.
"잘봐레이. 자음은 요 왼손 검지, 모음은 요 오른손 검지로 타다닥 이레 치는 거래."
"은지니까 이응을 누르고."
"글치, 잘하네."
부엌으로 나간 사이에 은구는 총격전 게임을 찾아내 팡팡 총을 쏘면서 외친다.

"아싸~ 한 명 죽었다. 오예!"
"이거 어에 찾았노? 이늠아, 게임이라도 사람을 총으로 쏘는 건 안 된데이."
"아저씨, 한 번만 하게 해줘요."
"안 되는 건 안 되는 거래. 아저씨가 라면 먹고 장기 게임 가르쳐 줄게. 은지는 무슨 라면 좋아하노?"
"어, 삼양라면이요."

야간에는 시내에서 신학교를 다니고, 주간에는 산촌에서 농사를 짓는다. 우리 마을은 1993년부터 버스가 하루에 세 번 들어온다. 영주여객에서 첫차를 타고 시골집에 오면 농사꾼으로 지내다, 막차를 타고 영주여객으로 돌아와 우사인 볼트처럼 뛰면 신학교에 도착한다. 해가 짧은 봄에는 야맹증이 깔린 밤길을 달리지 못해 오후 4시 버스를 타고 삼각지로 돌아온다. 한 해 동안 등록금을 모아 정식 신학교에 입학하고 싶다. 주경야독은 고단해도 꿈을 생각하면 일어날 힘이 생긴다.

윤후가 돈 3천 원이 없어 봄소풍을 못 갔다는 얘기를 전해 들었다.

"윤후야, 니 왜 아저씨한테 얘기 안 했노? 아저씨 그 정도 돈은 있는데…"

윤후는 아무 말이 없다. 가난은 침묵을 낳는다는 현실을 아이들도 안다.

"내년 봄에는 아저씨한테 얘기해레이?"

내년 봄, 내년 봄이라는 말에 먹구름이 몰려온다. 2년제 야간 성서신학원을 졸업하기로 결심하는 순간이다. 가난은 발목을 잡고 대학은 멀어진다.

문간방에 연탄불을 갈고 서울병원 규리를 떠올린다. 지금쯤 귓바퀴가 생겼을까? 지금쯤 소리를 들을까? 지금쯤 초등학교에 들어갔을까? 병원 복도를 폴짝폴짝 뛰어다니던 아이, 14층 창가에서 멀리 지나가는 차들을 호기심 어린 눈으로 내려다보던 아이, 이름을 부르며 가까이 가면 나비처럼 도망가던 아이, 규리를 생각하며 기도한다. 자연의 양팔 저울에 빛의 세계와 소리의 세계를 얹으면 어느 쪽으로도 기울지 않는다. 규리가 소리의 세계를 알고 노래를 불렀으면 좋겠다. '나의 기쁨 나의 소망되시며 나의 생명이 되신 주 밤낮 불러서 찬송을 드려도 늘 아쉬운 마음뿐일세.' 규리 엄마가 불 꺼진 병실에서 규리를 토닥이며 나지막이 부르던 찬송 소리를 꼭 들었으면 좋겠다. 간호사들도 생각난다. 그때 여자와 처음으로 대화했다. 남자 중고등학교를 졸업하고 건축 현장을 거쳐 농사를 지었기 때문에 여자와 대화하고 싶어도 주변에 여자가 없었다. '지금 걸려 넘어진 자리가 당신의 전환점'이라는 말처럼 서울병원이 인생에 찾아온 전환점이다.

5. 쨍하고 해 뜰 날

　마당 은행나무 은행잎이 지고, 밥풀 같은 눈이 풀풀 내린다. 사랑마루 끝에 앉아 눈 위에 눈이 오는 눈을 바라본다. 산골마을에 날은 저물고 저녁연기가 피어오른다. 사랑방 문을 열면 아버지는 드렁드렁 드르렁 코를 곤다. 여덟 살에 여읜 어머니를 어매, 어매 부르는 늙은 아버지의 잠꼬대는 어미 소를 잃고 밤새 우는 송아지 울음처럼 애처롭게 들린다. 안쓰러워 한해살이를 마친 아버지의 손을 잡았나. 소나무 껍질처럼 거친 손마디가 느껴진다.
　"왜 이레노?"
　"어이쿠, 엄마네. 난 또 아부진지 알고… 안방에 불 땠는데… 아부지는 어디 계시는고?"
　"하마 날 저물었나. 불 좀 켜봐라."
　부모도 몰라보는 눈을 고칠 의사는 세상에 없다.

눈이 내리던 마당에 봄이 내리고 어머니의 몸빼바지에도 꽃이 핀다. 집에서 인쟁기를 짊어지고 비탈밭으로 갔다. 인쟁기는 사람이 끄는 쟁기다. 한 사람은 뒤에서 쟁기를 잡고, 한 사람은 앞에서 쟁기 끈을 당기면서 인력으로 고랑을 내는 농기구다. 트랙터가 들어가지 못하는 비탈밭은 인쟁기로 고랑을 지운다. 어깨에 인쟁기 끈을 메고 밭을 걸어가면 학처럼 고고한 사람도 다 인간소로 변한다. 바람 부는 날, 이랑에 비닐을 덮으면 부부싸움이 벌어진다. 금실 좋은 아버지 어머니도 꼭 싸운다.

"어허, 비니루 날렌데이."

"버뜩 흙을 안 떠놓고 뭐했니꺼?"

"이 사람이, 비니루도 똑바로 안 땡게고 뭐했노?"

누구의 잘못도 아니다. 바람 한 줄기에도 흔들리는 인생이다. 파르르 바람에 날리는 비닐처럼 밭고랑이 흔들리고, 두 줄로 겹쳐 보이는 증상은 나날이 심해지고, 초점을 잘못 맞춘 망원경처럼 책이 흐릿하다.

벚꽃 날리는 봄길을 걸어 영주안과를 찾은 걸음, 마음의 동전이 팔랑개비를 돈다. 의사의 눈빛도 흔들린다.

"저기 보세요. 이게 안구진탕증이라는 겁니다."

현미경 비디오에 비친 눈동자는 좌우로 흔들린다. 의사는 책상에 놓인 서류를 보며 입을 뗀다.

"병명이 망막색소변성증입니다. 진행성 희귀질환인데

실명을 염두해야 됩니다. 밤에 잘 안 보이는 건 어두운 데서 활동하는 세포가 없어서 그런 거고, 모니터를 보면 눈도 부실 겁니다. 지금 시력이 0.2. 장애인 등급이 나와요."

"올 때 자전거 타고 왔는데 장애인이요?"

"시야는 괜찮은데 시력이 안 좋아요. 보통은 시야가 먼저 좁아지는데…"

"그 안구진탕증이라는 눈 떨림 증상이 제일 힘들거든요. 어떻게 방법이…"

"그것도 참 드문 증상인데 아직은 치료제가 없어요. 안구가 떨리니까 물체도 다 흔들리게 보이는 거고, 양안 초점이 딱 안 맞으니까 겹쳐 보이는 거예요. 사람 눈이 네 개로 보이기도 하고 일종의 복시죠. 장애인 등록을 하면 약간의 혜택도 있고 의술이 좋아지고 있으니까 기대해 봅시다."

의사에게 꾸벅 인사하고 안과를 나왔다. 상의할 사람이 없는 봄날, 자전거를 타고 시각장애인 등록을 하러 갔다. 주민센터 직원이 긴 손톱으로 짚어 주는 서류에 서명하자 시각장애인이 됐다. 기초생활수급자에 해당한다는 말에 또 서명하자 수급권자가 됐다. 직원은 다음 달에 복지카드가 나오고, 매월 주거비 6만 원과 생활비 23만 원을 지원받는다고 안내한다. 복지카드는 숨겨도 시각장애는 숨기지 못할 인생이다. 가난을 딛고서면 수급자도 해지되리라. 붉은 전차처럼 목표를 향해 달리고 싶다. 가난이 따라오지 못하도록 달리고 또 달리고 싶다. 신학의 길을 완주한다면 장애는 빛의 파편에 불과하리라. 꿈을 향해 달리는 인생에 어둠이 들어올 자리는 없다. 장애인과 비장애인, 부자와 빈자로 갈라지는 세상을 탓할 마음도 없다.

샛노란 개나리 꽃길을 지나 자취방으로 돌아오는 길, 삼각지에도 봄은 오고 꽃은 핀다. 바람이 불지 않는 날에도 꽃은 흔들리며 핀다. "이 세상 그 어떤 아름다운 꽃들도 다 흔들리면서 피었나니 이 세상 그 어떤 빛나는 꽃들도 다 젖으며 젖으며 피었나니."(도종환, 「흔들리며 피는 꽃」) 시인의 노래는 그저 인쇄된 시가 아니라 펄떡펄떡 살아 움직이는 인생의 힘이다. 삼각지 높다란 철둑 위로 기차가 지나가면 한 칸, 한 칸 객차 사이로 석양이 별처럼 반짝인다. 기차가 지나간 철길 너머로 아파트가 보이고 밤이면 아파트 창문에서 따뜻한 불빛들이 새어 나온다.

농사짓지 않는 날은 운동에 미쳐 산다. 시골집에 오면 마을 회관에서 헬스 기구로 3시간씩 운동하고, 자취방에 오면 벽돌로 운동한다. 쇠파이프에 벽돌 네 개를 노끈으로 묶으면 아령이 되고, 벽돌 열 개를 묶으면 역기가 된다. 마지막 한 번을 더 들어 올리는 아령은 고통스러워도 단단한 근육으로 붙는다. 마지막 아령을 들어 올리지 못하면 새 근육은 생기지 않고 몸매는 현상 유지로 그친다. 은지를 목마 태우고 앉았다 일어났다 반복하면서 하체를 단련하면 자기

차례를 기다리는 은구가 한숨을 내쉰다.

"후~ 풍기 인삼 아가씨 대회는 있는데 왜 인삼 총각 대회는 없노? 은지는 이쁘니까 커서 인삼 아가씨 돼라. 후~"

"아저씨, 근육으로 노래 부르는 거 아시죠? 꿈틀꿈틀. 한 번 불러 봐요?"

"후~ 그레믄 인삼 아가씨 앞에서 불러 보까? 아저씨 갑빠 잘 봐레이. 천하에 명곡이 나온데이."

꿈을 안고 왔단다 내가 왔단다
슬픔도 괴로움도
모두 모두 비켜라
안 되는 일 없단다 노력하면은
쨍하고 해 뜰 날 돌아온단다
쨍하고 해 뜰 날 돌아온단다

― 송대관의 〈해 뜰 날〉

눈송이 젖지 않는 깃발

기다리는 기차는 오지 않고
영주역에 첫눈이 온다
웅크린 어깨와 어깨 사이로 눈은 눕고
눕지 못한 눈은 흔들리는 물이 되어 사람의 집으로 간다

서로의 어깨에 내린 눈을
살갑게 털어 주는 연인들의 머리 위로
또 눈은 오고 허공에 쓰러지는 눈은 바닥에 닿기도 전에
죽는다 오지 않는 내 사랑이여

광장에 펄럭이는 깃발같이 너를 기다린다
눈송이 젖지 않는 깃발같이 너를 기다린다
기다림이 없는 기찻길은 없나니
기다림이 없는 기차역은 없나니

6. 서울에서 걸려 온 전화

450리터 약통에 물을 채우고 숨을 멈춘 채로 농약 한 봉지를 풀어 약대로 휘이휘이 저으면 맑은 농수가 뿌연 농약물로 변한다. 농약 기계에 시동을 건다. 아버지와 나는 수박밭에 부는 바람을 등지고 농약을 치고, 어머니는 약줄을 당겨 준다. 5월 초순부터 7월 말까지 수박밭에 농약을 열두 번이나 살포한다. 농약을 치는 날은 인쟁기를 지는 날만큼 싫지만, 약대를 잡지 않으면 겨울날 저녁연기는 피어오르지 않는다. 약대가 지나가는 곳은 탄저병도 덩굴마른병도 다 죽는다. 자신감을 잃은 자의 손에는 약대를 쥐어 주고, 사람 위에 군림하려는 자의 어깨에는 인쟁기 끈을 걸어 주고 싶다.

늦은 봄바람이 수박 덩굴을 흔들며 지나간다. 들판에 앉아 들밥을 먹으면 하늘 아래 부러운 사람이 없다. 고봉밥에 달려드는 개미를 손끝으로 집어 풀섶으로 보낸다.

"아부지요, 마스크를 쓰고 약대를 잡으시소. 아부지는 숨을 안 쉬시니껴? 제발 좀 마스크를 쓰시소? 엄마는 아부지 약줄만 자꾸 땡게 주는고? 아부지가 지금도 그레 좋으신갑제?"

"어허이, 이늠아가 벨소리를 다하는구마. 버뜩 밥 머어."

주머니 속에서 하얀 LG 휴대폰이 경쾌한 벨소리로 짓궂은 농을 튕겨낸다.

"하이고, 니한테 전화도 다 오나?"

"어, 해."

"나 해나인데 지금 영주 버스 탔어. 마중 나오라구."

"지금? 회사는 어에고?"

"그만뒀어. 지금 버스 출발한다. 여기 동서울터미널이야. 끊어."

"저 해나야, 내 지금."

전화는 다급히 끊어졌다. 해나는 망막색소변성증 환우회에서 만난 동갑내기 아가씨다. 영주안과에서 망막색소변성증이라는 병명을 듣고 인터넷을 검색했다. 시골 총각이 환우회 홈페이지에 '나무의 길'로 올리는 토기 같은 글이 다들 마음에 들었는지, 모임에서 인사하면 박수와 함성이 울렸다. 한 환우는 내게 나무의 길이 누군지 아냐고 물었다.

서울병원에 정기검진을 받으러 가는 날, 환우 지수와 해나가 동서울터미널로 마중을 나왔다. 터미널 계단에 서서 시간이 멈춘 사람처럼 해나를 바라봤다. 하얀 얼굴, 긴 생머리, 큰 눈, 아이보리 티셔츠를 입은 늘씬한 아가씨가 립스틱도 바르지 않은 입술로 말했다.

"어머~ 쟤 잘생겼다."

해나는 미소를 머금고 긴 머리칼을 나풀거리며 달려와 내 손을 살짝 잡았다. 여자와 처음 잡는 손이었다. 지수는 어느 틈에 사라지고 해나와 나만 남았다.

"내 아직 잘 보이는데 손은…"

"눈 많이 안 좋다면서? 서울 지리도 모를 테니까 내가 오늘은 도우미 할게."

안과 진료를 받는 동안 대기실 의자에 다소곳하게 앉아 나를 기다리던 해나의 전화다. '회사는 무슨 일로 그만뒀을까? 갑자기 영주는 왜 올까?' 아버지 어머니에게 앞뒤가 맞지도 않는 말을 변명이랍시고 둘러댔다. 산길을 걸어 버스를 타고 시내 터미널로 갔다. 해나는 폴짝폴짝 버스 계단을 뛰어 내려와 기다릴 줄 알았다는 표정을 띄우며 처음처럼 손을 잡는다.

"해나, 밥 안 먹었제? 배고프겠다."

아테네 레스토랑에서 마주 앉아 늦은 점심을 먹었다. 무거운 공기를 무슨 말로 밀어내면 좋을지 몰라 우물우물

밥만 씹으며 물컵을 만지작거렸다. 해나가 보조개를 띄운다.

"무슨 운동하나 봐?"

"어, 벽돌 운동."

"벽돌 운동? 그게 뭐야? 세상에 그런 운동도 있어?"

"어, 그게…"

"영주는 뭐가 유명해? 아, 부석사, 소수서원이 유명하지. 가보고 싶네. 부석사 바위는 진짜 떠 있는 거 아니라며? 소수서원은 우리나라 최초의 서원 맞지? 이거 돈가스 맛있다."

혼자 묻고 혼자 답하고 혼자 재잘거리는 해나를 보느라 내가 돈가스를 먹는지, 돈가스가 나를 먹는지, 무슨 대화를 나눴는지 기억나지 않는다. 해나는 어느 틈에 계산했는지 나가자고 생긋 눈짓을 보낸다.

갈 곳은 많았지만 해나를 데리고 어디로 가면 좋을지 몰라 낙동강으로 걸었다. 꽃자리마다 초록빛 새잎이 올라와 바람에 흔들거리는 골목길을 지나 여름이 내리는 봄길을 걸었다.

"영주 사람들은 다 느릿느릿하고 여유로워 보여."

"아무래도 여는 지하철이 없으니께네. 지금도 여게 시내에 경운기가 지나가."

"경운기? 너 몰 수 있어? 한 번 타 보고 싶다."

해나는 어느 틈에 찰싹 다가와 팔짱을 끼고, 나는 바지 주머니에 손을 찔러 넣고 걸었다. 강물은 반짝이는 햇살을 안고 흐른다.

"와! 여기가 낙동강이구나! 한강보다 더 자연 그대로야. 너 수영할 줄 아니?"

"응, 강에서 자랐으니께네. 이 강에서 고기 잡고 수영하믄서 컸거든."

우리는 강가 돌계단에 앉아 금빛으로 반짝이는 강물을 바라봤다. 해나 얼굴도 반짝이고 이따금 긴 머리칼은 바람이 부는 방향으로 날렸다. 해나가 왜 회사를 그만뒀는지 묻지 않았다. 분명 어느 집 처마 아래로 인생의 소낙비를 피해 뛰어들었으리라. 물결을 가만가만 바라보는 해나에게 물수제비를 뜨는 조약돌같이 순식간에 물었다.

"니 내 좋아하제?"

해나는 모래톱을 쓸고 가는 강물에 시선을 던지며 대답도 없이 고개도 돌리지 않는다. 저녁 해가 강물을 떠나는 시간, 누구는 해나를 여리여리한 사람이라 하고, 누구는 하늘하늘한 사람이라 했다. 해나는 여자가 봐도 여자 같은 여자다. 그 여자의 손을 잡고 강물처럼 깊어지고 싶지만 차마 용기가 없나.

"곧 있으믄 날 저무는데 서울로 올라가야제?"

해나 얼굴이 일순간 굳어진다. 그리고는 아무 말이 없

다. 서울행 막차는 6시 40분에 있다. 강 길을 지나 터미널 쪽으로 걸었다. 방향을 눈치챈 해나가 걸음을 멈추고 짜증 섞인 말을 내뱉는다.

"서울 가기 싫어."

"서울 안 가도 상관은 없는데 부모님이 안 기다리시겠나? 걱정하시겠는데? 내사 이쁜 아가씨하고 있으믄 좋지만 딸 둔 부모님 마음은 아이겠는데. 해나가 잘 데도 없고. 왜? 해나 눈 때문에 그러나? 참고 살다 보믄 다 좋은 시절 안 오겠나. 저게 꽃자리에 나뭇잎 올라가는 거 봐라."

내가 이번엔 혼자 묻고 혼자 답하고 혼자 주저리주저리 떠든다.

"밤기차 타고 천천히 갈래. 벌써 배고파."

"기차가 언제 있는 동 그것도 모르믄서? 그레지 마고 지금 올라가고 다음에 보자."

"아홉 시에 있어. 그러니까 나 보낼 생각 말고 밥 먹으러 가."

"아, 글라. 그래도 서울 도착하믄 너무 늦으겠는데?"

"야, 야, 배고프다고 배, 배, 몇 번을 말해? 배고프다고."

"아이구, 어데 아가씨가 총각 옆구리를 쿡쿡 찔러 쌌노? 저 삼겹살집 있네."

9시 기차는 없었다. 밤 12시 기차를 기다리는 수밖에 없었지만 그동안 해나를 어디로 데리고 갈지 막막했다. 자취방으로 가고 싶진 않았다. 중학생 시절부터 길가 단칸방에 살았어도 가난이 부끄러운 적은 없었다. 연애하자고 먼 길 달려온 아가씨의 손을 잡고 어느 처마 아래로 들어갈지 퍼뜩 떠오르지 않았다.

7. 정동진의 태양

　가로등 불빛에 남녀 그림자가 비친다. 여자 그림자는 머리 위로 두 팔을 동그랗게 모아 하트 모양을 만든다. 남자 그림자는 하트 모양 속에 중지와 약지를 접고 엄지와 검지와 새끼손가락을 편다.
　"그건 무슨 뜻이야?"
　"수어로 아이 러브 유."
　"남사 그림자 되게 못생겼디."
　"여자 그림자는 어뜬노?"
　"당연히 예쁘고 우아한 꽃이지."
　"내는 저 여자 꽃뱀인지 알았데이."
　"뭐? 꽃이 아니구 꽃뱀?"
　"동서울터미널 생각 안 나나? 꽃 같은 여자가 덥석 손을 잡길래 꽃뱀인지 알았제. 지금도 내는 꽃과 뱀 사이에 서 있는 것 같데이."

해나는 또 옆구리를 쿡쿡 찔러 대면서 기어이 꽃이라는 고백을 받아내고 찰싹 팔짱을 낀다.

"사실은 지수한테 '나무의 길'이 누군지 물어보고 니 사진도 봤어. 니가 터미널 계단에 가만히 서 있길래 순간적으로 눈이 잘 안 보이는 줄 알았지."

"그거는 니가… 우리 시력이 더 이상 진행되지 말고 지금 이대로만 멈차 있으믄 좋을다. 그날 지수는 왜 금방 사라졌노?"

"알면서 뭘 묻냐? 사표를 쓰고 니가 제일 먼저 생각나더라. 여기 오면 마음껏 울 수 있을 것 같았거든."

톡톡, 빗방울 튕겨 내는 토란잎 같고, 안개비 머금은 수선화 같고, 햇살 살랑이는 강아지풀 같은 여자를 데려갈 처마는 한 곳뿐이다. 우체국 방향으로 걸음을 옮겼다. 우체국에서 도로를 건너 샛길로 접어들면 삼각지 자취방이다. 생각도 마음도 복잡한 밤길을 걸어 꽃집을 지나고 빵집을 지났다. 우체국은 점점 가까워 온다.

"배고프다는 말은 빈말이제? 삼겹살을 먹는 동 마는 동 하두만."

"멍청한 남자가 자꾸 서울로 보낼려고만 하니까."

"해나야, 진짜 밤 열두 시 기차는 있나?"

"아니, 새벽 두 시. 시간표 보고 왔어."

"뭐? 야가 아주 작정을 했네. 작정을 했어. 좀 떨어져서 걸어레이. 내 심장 뛰는 소리 안 들라나?"

우체국 앞에서 도로를 건너 상가 계단을 올랐다. 딸깍 열쇠를 돌려 커다란 나무 문을 열었다. 붉은 십자가 불빛이 가마솥처럼 달아오르는 몸을 가라앉힌다. 산 그림자가 강물을 천천히 떠나듯, 해나가 느린 말투로 묻는다.

"여긴, 교, 회?"

스위치 6개를 딱, 딱, 딱, 순서대로 누르자 해나가 피식 웃는다.

"맞네. 저 제대는 성당이랑 비슷해. 우리 집은 가톨릭 가정이야."

"글라… 우리 집은 주일에 농사도 안 짓는 독실한 개신교 가정이래. 아부지는 쪼매 덜 독실하시고."

해나의 손을 잡았다. 교회당 앞으로 걸어가 두 번째 자리에 앉았다. 주일마다 정성을 모아 예배하는 곳, 밤마다 무릎을 꿇어 기도하는 곳, 교회당 처마 말고는 소낙비를 피할 마땅한 장소가 떠오르지 않았다. 교회당 입구로 걸어가 스위치 5개를 끄고, 앰프 온 버튼을 누른 후 강대상에 섰다.

"아아, 이해나 자매님! 교회당에 오신 것을 주님의 이름으로 환영합니다. 오늘은 다행히 기도하시는 집사님들도 계시지 않고 야간 신학교 수업도 없는 날입니다."

"야~ 제대에 막 올라가면 어떡해? 어서 내려와. 근데 너

사투리 안 쓰네?"

"여긴 제대가 아니라 집사님들이 기도하시는 소강대상입니다. 성찬단이라고도 부르지요."

"어머, 경상도 억양도 없어. 뭐야?"

"저의 증조할머니는 서울 분이신데 저는 증조할머니 손에 컸지요. 마이크를 키고 여기만 서면 사투리가 싹 사라집니다."

"마이크 꺼봐? 응? 너 고향이 어디야?"

"여게 영주래. 저짜 문수."

"하하. 웃겨. 난 흙냄새 묻어나는 경상도 남자가 좋아. 그만 이리 와."

장의자에 나란히 앉아 십자가 불빛을 가만가만히 바라봤다. 우리는 서로에게 할 말은 많았지만 침묵보다 나은 말을 찾지 못했다. 고요가 내린 교회당에는 두 남녀의 숨소리만 들렸다. 시간이 멈춘 듯한 침묵을 깨고 싶지 않았다. 해나 옆에 기도 담요 세 장을 놓았다. 왼쪽 장의자에 누웠다. 터미널에서부터 줄곧 긴장을 했는지 몸이 중력을 견디지 못하고 버들가지처럼 축 늘어진다.

"너 진짜 목사님 될 거야?"

"응. 왜?"

해나는 한숨을 나지막이 쉰다.

"해나야, 새벽까지 그레 앉아 있을 거야? 눈 좀 붙여. 난

잔다."

우리는 밤새 교회에서 한숨도 못 자고 영주역으로 갔다. 나는 매표소 앞으로 성큼성큼 걸었다.

"두 시 삼십 분 정동진 기차표 두 장 주세요."

해나의 큰 눈이 더 커진다. 다음 일은 생각하기 싫다. 마음이 이끄는 대로 딱 한 번 살아보고 싶다. 덜커덩덜커덩 철커덩철커덩 정동진행 기차는 어둠을 가른다. 승객들은 희미한 전등 아래 졸고, 해나는 아무 말이 없다. 기차는 새벽 5시 30분 정동진역 도착이다. 눈꺼풀이 무겁게 내려온다.

"일어나. 일어나 보라구."

해나는 어깨를 손끝으로 톡톡 건드리고 검지로 차창을 가리킨다. 태양이 바다를 가른다. 처음 보는 해돋이다. 바다는 붉은빛으로 번지고 노란빛으로 번지고 푸른빛으로 번진다. 철커덩철커덩 기차는 달리고 태양은 금세 하늘을 밀어 올려 바다와 멀어진다.

"우리 열차는 종착역인 정동진, 정동진역에 정차합니다. 손님 여러분 안녕히 가십시오."

정동진을 여행하고 파도가 하얗게 밀려오는 플랫폼 벤치에 앉아 해나는 서울행, 나는 영주행 기차를 기다렸다. 땅과 태양은 가까워졌다.

영주와 서울을 오가는 사이 여름은 긴소매 속으로 숨

고, 어느덧 거리에 가로수는 붉게 물들었다. 해나는 서울대공원 벤치 위에 도시락 두 개를 꺼내 놓는다.

"아홉 시면 자고 네 시면 일어나잖아. 내가 새벽에 일어나서 뭐 했게?"

"평소맨치 물 마시고, 혹시 이 도시락 직접 쌌나?"

"응, 자, 이건 현준이 꺼, 이건 내 꺼."

"내 김밥은 주먹밥일세. 해나 꺼는 예쁘네."

"현준이 건 내가 싼 거구 내 건 엄마께서 싸 주신 거야. 엄마께서 너 현준이 좋아하는구나. 이러시는 거야. 태어나서 처음으로 김밥을 말았으니까 맛있게 먹어야 해."

빙글빙글 돌려 말하는 해나의 사랑 고백을 알아채지 못한 채 우걱우걱 김밥을 먹었다. 해나는 개구리처럼 볼록한 볼을 보고 양쪽 뺨에 보조개를 피운다.

"지금 버스 탔어. 출발해."

"뭐? 그레지 마. 지금은 안 돼."

"어 버스 출발한다. 끊어."

전화는 또 다급히 끊어졌다. 오후 5시 터미널에 나무처럼 물끄러미 섰다. 해나는 버스 계단을 폴짝폴짝 뛰어 내려와 해처럼 해맑은 표정으로 손을 잡는다. 영주의 맛집 중앙분식에서 쫄면을 먹었다. 오늘따라 빨간 쫄면이 더 빨갛다. 해나는 쫄면도 숟가락에 돌돌 얹어 먹는다.

"오늘 수업 있는데, 해나 지금 쫄면 먹고 도로 서울 가그라."

"역시 여기 쫄면이 최고야. 맛집은 다 이유가 있어."
"그레 가꼬 오늘 안에 다 먹을라?"
"넌 수업 가. 난 신경 쓰지 말고."

분식집 문을 열고 나왔다. 거리에 어둑어둑 어둠이 내리고 택시가 노란 불을 켜고 달려온다.

"어디로 모실까요?"
"삼각지로 갑시다."

해나는 창문 쪽으로 고개를 돌린다. 야맹증은 길을 지우고 가로수를 지우고 건물들을 지운다. 불 켜진 간판에 글씨만 선명하다. 내가 보는 세상을 해나도 보고, 내가 보지 못하는 세상을 해나도 보지 못한다. 삼각지 동네에 가로등이 뜨문뜨문 켜진 컴컴한 골목길을 걸어 구멍가게를 돌아 더 컴컴한 골목길로 걸었다. 해나는 걸음을 멈추고 검은 물건을 내민다.

"해나 지갑을 왜 날 주노?"
"니가 갖고 있으라구."
"왜 이걸 내한테 맞기노?"

해나는 대답 대신 팔을 살짝 잡아당긴다. 어느 날은 팽팽한 활시위에 걸린 화살처럼 직선의 몸짓으로 달려오고, 어느 날은 산을 휘돌아가는 강물처럼 곡선의 언어로 다가오는 해나 마음을 알아채기가 어렵다. 지갑의 의미도 모른 채 자취방 문을 열었다.

8. 다시 그 거리에 선다면

먹물처럼 짙은 어둠이 가난을 안고 내려앉는 자취방, 어쩌다 연탄불을 꺼뜨리고 잠들면 은지 엄마의 손길로 햇살지기처럼 따뜻해지는 단칸방, 때론 아이들 놀이터로 변하는 시끌시끌한 문간방, 오늘 밤은 낡은 스위치에 외로움이 내려앉지 않는다. 형광등이 반짝 켜진다. 해나는 둘러볼 것도 없는 방안을 쓱 둘러본다.

"오~ 목사님, 법정 스님이 오셨다가 시주하시구 가시겠습니다."

모니터 앞에 연갈색 해나 지갑을 내려놓고 회전의자를 당겨 놓았다. 습관처럼 바지 주머니에 손을 찔러 넣었다.

"학교 댕게 오께. 컴퓨터 하고 있으믄… 뭔 일 있으믄 전화하고."

해나 얼굴에 실망이 스쳐간다. 두고두고 미안한 순간이

다. 신학은 하늘이다. 광주리를 이고 논둑길을 걸어가는 어머니처럼 하늘을 머리에 이고 걸어간다. 시간이 흘러가고 또 흘러가도 세 가지 미안한 마음은 흘러가지 않는다. 생일에 전화 한 통 하지 않은 것, 어두운 공원에서 기다리게 만든 것, 낯선 자취방에 혼자 두고 학교에 간 것. 마음을 조금만 쓰면 마음 상하게 하지 않을 것들이다.

밤 10시에도 속옷가게 문이 열렸다. 눈에 아이보리 잠옷이 들어온다. 잠옷에 아이보리 티셔츠를 입고 달려오던 해나 모습이 얼비친다. 아이보리 잠옷은 5만 원이며 하늘색 잠옷은 3만 원이다. 지갑에 4만 원밖에 없다. 자취방이 봄볕같이 따뜻하다. 딸깍 열쇠를 돌려 방문을 확 열자, 해나는 회전의자를 휙 돌려 생긋 웃는다.

"니는 놀래지도 않노?"

"넌지 알았는데 뭘."

자취방에 어색한 침묵이 흐른다. 눈을 마주치지 못한 채 연회색 책가방 자크를 열어 종이가방을 꺼냈다.

"내 옷은 안 맞을 것 같고, 저 나가 있으께."

하늘하늘한 해나가 하늘색 잠옷을 입고 방문을 반쯤 연다. 잠옷이 곱다. 장판 두 개가 만나는 방 중간에 바퀴 달린 행거를 놓고 이불을 얹었다. 나는 돌아누워 검은 방문을 보고, 해나는 똑바로 누워 검은 천장을 본다. 시간은 달팽이같이 걸어간다. 망막색소변성증은 야맹증부터 생긴다. 해나도 나도 불 꺼진 방에 놓인 행거가 보이지 않는다. 행거에 걸린 겨울 이불처럼 무거운 침묵이 흐른다.
"내는 이 상황이 좋은데, 진짜로 좋은데…"
"좋은데?"
"내가 행거를 치우는 날이 올까 봐 겁난다."
"난 치워도 넌 못 치워."
"자매님은 믿음이 크셔서 좋겠습니다."
"남친 현준이는 좋아도 목사님 현준이는 싫은데."
"하나님, 아니 하느님, 아니 주님은 어에 생각하시꼬? 내가 해나를 언제 좋아했는지 아나?"
"손잡을 때?"
"아니, 환우회에는 앞을 못 보시는 분들도 마이 계시니께네 손잡는 게 이상하지는 않두만."
"그럼 팔짱 낄 때?"
"서울안과 대기실 의자에 다소곳하게 앉아서 나를 기다릴 때, 그때 사랑하고 싶은 마음이 생기더라."
"난 동서울터미널에서 너랑 연애하고 싶던데."
"니가 팔짱 낄 때 살결이 다이니께네 힘들더라. 지금도 힘들고. 그이께네 상황이 반복되믄 좋든 싫든 결과를 만드니께네 오늘그지는 오지 마고 내가 서울 가께. 약속하자."
해나는 약속을 지키지 않았고 나는 약속을 지키지 않는 해나가 좋았다. '지금은 안 돼' 하고 말하면서도 새벽 2시에 기차역 개찰구 앞에서 기다렸고, 해지는 터미널에서 기다렸다. 그때마다 자취방 한가운데 행거가 있었다. 행거 밑으로 노란색 상자를 밀어 놓았다. 스물한 살부터 미래의 배우자에게 편지를 썼다. 마당에 은행나무 은행잎이 노랗게 지면 마음에 드는 나뭇잎 하나를 주워 책장에 넣어 뒀다. 상자 속에는 편지 다섯 장과 은행잎 다섯 개가 들었다. 스물셋, 몸이 아픈 날에도 미친놈처럼 나뭇잎을 줍고 편지를 썼다. 지금 돌아보면 살고 싶은 의지였다.

"난 자신이 없어."

"뭔 자신이 없노?"

"넌 내가 가질 수 없는 사람이란 걸 알아. 사표를 쓰는 날에도 진즉 알았는데 벌써 전화를 걸고 있더라."

"최일도 목사님은 서점에서 수녀님을 만나서 결혼했다고 그든데…"

"넌 몰라도 난 수녀님이 아니잖아."

시간이 흐르면 흐를수록 어머니의 환상 앞에 설 확신이 들지 않는다. 어머니는 내가 중학생 때 환상 속에서 며느리 얼굴을 봤다. 해나는 어느 가을날, 자기 이메일과 비밀번호를 말해 줬다. 그때도 곡선의 언어를 알아채지 못했다.

"패스워드를 왜 알려주노? 숫자는 알겠는데 앞에 영어는 뭔 뜻이로?"

"평범하다는 뜻이야. 난 평범하게 살고 싶어."

"우리는 평범하게…"

평범하게 살고 싶은 여자, 목회자로 살고 싶은 남자 사이에 갈등의 골은 깊어진다. 천주교는 무엇이며 개신교는 무엇인가? 하느님은 누구며 하나님은 누구인가? 고향 마을에 성당이 있었다면 신부가 됐을지 모르고, 사찰이 있었다면 머리 깎고 승려가 됐을지 모르지만, 생각과 마음은 좀처럼 좁혀지지 않는다. 평범한 삶은 별처럼 아득히 멀고 해나도 나도 눈이 멀어 가는 현실이 버겁다. 서로가 말하지 않아도 이별이라는 단어를 떠올리는 눈빛을 알아챈다.

"저짜 있어. 연탄 연기 올라온데이."

"연탄 가는 거 궁금하단 말이야, 볼래."

아궁이 맨 밑에 집게로 불붙은 연탄을 넣고 연탄구멍 25개에 맞춰 새 연탄 두 장을 얹었다. 호기심 어린 아이처럼 연탄불을 보는 해나 얼굴을 보자 마음이 약해진다. 인생이 마음먹은 대로 되면 인생이 아니겠지만 마음을 먹지 않으면 오늘을 살기 힘들다. 인쟁기를 지고 밭고랑을 내는 방법은 밭 앞과 밭 끝을 동시에 보는 눈이다. 밭 앞만 보면 앞으로 나가기가 어렵고, 밭 끝만 보고 나가면 옆에 밭고랑을 놓쳐 고랑은 삐딱삐딱 불규칙한 간격을 만든다. 인쟁기를 처음 지는 날, 아버지는 뒤에서 쟁기를 삽고 '앞으로', '옆으로', '천천히', 내비게이션같이 말했다. 내비게이션 없는 연애의 인쟁기를 처음 걸머지고 가는 길은 서툴고 이별은 더 서툴다.

    집 같은 집에서 하룻밤 자고 싶었다. 호텔방에 동그란 침대가 놓였다. 새벽기도를 나가는 사람처럼 새벽 4시에 일어나 침대 끝에 걸터앉은 해나의 발 앞에 무릎을 꿇었다. 이별하는 방법을 몰라 미안하다고 말하려 했다. 무릎이 눈물로 일렁였다. 담백하고 덤덤한 사람은 아니었다. 해나도 눈물을 닦으며 화장실로 들어가 버렸다. 행거가 없었지만 책임지지 못할 행동은 하지 않았다. 해나는 잠옷을 곱게 접어 자기 가방에 넣었다. 기차역에서 정동진행 기차표를 끊었다. 파도가 하얗게 밀려오는 플랫폼 벤치에 다시 앉았다. 어린 시절 강변을 걷고 산길을 걸어 집으로 오면 옷에 도깨비풀이 잔뜩 붙어 있었다. 사랑은 떼어내고 또 떼어내도 혼자서는 다 떼어내지 못하는 도깨비풀 같다. 끊어진 자리에서 이어지는 철길에 시선을 둔 채로 말했다.

    "잠옷, 주면 챙길게."

    "아니 내가 사셔갈 거야. 사진첩도."

    사진첩을 받아들고 햇빛같이 미소 짓던 해나 얼굴이 스쳐간다. 서울행 기차가 플랫폼으로 들어와 멈춘다. 해나의 손을 잡았다. 객실 좌석에서 놓기 싫은 손을 놓고 내려와 플랫폼에 나무처럼 우두커니 서서 차창 너머 해나를 바라봤다. 주머니에서 휴대폰이 울린다. 해나와 눈을 맞추며 전화를 받았다. 해나가 사진첩을 들어 보인다.

"러브레터를 들킨 소년 같더라."

"또 들켰나 보네."

"주말에 동물원 가고 싶다. 너랑."

"가고 싶으면 가야지. 서울 올라갈게. 첫차 타고."

정동진을 떠나는 서울행 기차를 보다 건너편 플랫폼으로 걸었다. 해나와 앉았던 벤치에 눈길이 머문다. 겨울 벤치는 겨울나무를 닮았다.

일주일 후, 도깨비풀 같은 동서울터미널에서 막차를 기다렸다. 해나는 내 팔을 물방울같이 톡톡 튕겼다.

"수요일에 내려갈게."

"그래믄 수요일 아침에 보자."

해나는 수요일에 오지 않았다. 영주역에 눈발이 날렸다. 대합실 앞에 눈사람처럼 서서 광장을 바라봤다. 서로의 어깨에 내린 눈을 살갑게 털어 주는 연인들의 머리 위로 눈이 내리고, 사람들은 어깨를 웅크리고 종종걸음으로 사라졌다. 해나는 전화를 받지도 않고 문자도 읽지 않았다. 해나와 동서울터미널에서 만나 동서울터미널에서 헤어졌다.

거기서 멈췄으면 어땠을까? 새벽 기차를 타고 서울역으로 갔지만 해나를 만나지 못했다. 지하철을 타고 땅속을 놀아다녔다. 지하철을 갈아타고 또 갈아탔다. 신설역 차가운 플랫폼을 넋이 나간 사람같이 걸었다. '이런 게 차이는 건

가? 아프다. 독하다. 나쁘다. 얼굴은 보고 이별하지. 너무하다. 나빠도 보고 싶다…'

순간, 플랫폼 아래 선로로 떨어졌다. 자살하려고 떨어진 것도 아니며 눈이 보이지 않아 떨어진 것도 아니다. 천만다행히 지하철은 오지 않았으며 작정하고 뛰어내리는 체조선수처럼 두 발로 착지했다. 가슴팍에 플랫폼이 닿았다. 플랫폼 위로 뛰어 올라와 바닥에 누웠다. 스크린 도어의 필요성을 절감하는 순간이었다. 벽에 기대 책을 읽던 청년이 힐끔힐끔 쳐다봤다. 빠앙~ 지하철이 경적을 울리면서 달려왔다.

시간은 무심히 흐르고 혼자 걸어가는 그림자는 겨울나무처럼 기댈 곳이 없다. 돌아서던 순간은 짧고 이별은 긴 그림자 같다. 해나의 사진첩과 똑같은 사진첩에서 똑같은 사진을 한 장씩 꺼내 낙동강에 띄운다. 어떤 사진은 해같이 웃고, 어떤 사진은 무표정한 얼굴로 나무를 응시하고, 어떤 사진은 눈을 감았다. 풀빛 물속에 손을 꼭 집은 남녀 사진이 잠긴다. 마지막 사진이 눈물에 먼저 젖고, 노란 상자와 은행잎들도 강물을 따라 흘러가지 않는다. 강물에 빠진 그림자는 빈손이다.

2년 후, 경복궁역을 나와 실명한 환우회 동생의 짐을 들고 서울맹학교로 걸어갔다. 긴 거리에서 눈에 익은 여자가 걸어오고 있었다. 해나였다. 나도 모르게 뒤돌아서서 걸었다. 건너편 인도에서 해나를 지켜봤다. 마른 몸이 더 말랐다. 2년 만에 맹학교에 입학할 정도로 시력이 나빠질 줄은 몰랐다. 좋은 대학교를 나와 눈 때문에 나를 만나 눈 때문에 이별한 사람이 흰 지팡이의 길을 걸어간다. 눈먼 목회자의 길이나 해나가 걸어가는 길이나 가시밭길이긴 마찬가지다. 서로 길이 달랐기에 다시는 만나지 못했다. 거리에 서서 해나를 위해 마지막으로 기도했다.

"저 사람이 가는 길을 지켜주옵소서. 제가 기도하지 않는 내일에도 지켜주옵소서. 하나님의 아들이 사랑했던 여자입니다. 꼭 지켜주옵소서. 남자도 여자도 없는 천국에서 다시 만날 때까지."

비 오는 밤

비 오는 밤이면 우산을 펼치고
구멍가게로 라면을 사러간다
콘크리트길과 흙길에 떨어지는
빗방울 소리가 서로 다른 빗길을 걸어

우울한 찬송을 부르며 라면을 사러 간다
멀리 빌라 불빛들은 높다란 철둑에 걸리고
옆방 사는 노동자 강 씨
오늘도 소주 한 잔에 마음 적시고
비 오는 골목길 걸어 집으로 온다

강 씨의 바람 빠진 자전거
빗속에 혼자 울고 있다
길 건너 넝마주이 아저씨의 고물 리어카
녹슨 철대문 옆에 성자처럼 쌓인 하얀 연탄들
빗속에 추적추적 울고 있다

밤이면 앞 못 보는 문간방 청년
능숙한 솜씨로 연탄불 갈고
빗물은 깨진 시멘트 바닥을 흘러
우물처럼 고이고
우묵한 빗물 밟고 방문 열면
문간방 청년 거울 속에서
라면을 사들고 마중 나온다

9. 나는 바보가 아니야

　서울에서 지하철을 갈아타고 또 갈아타도 한 사람을 갈아타지 못하는 목 잘린 사랑을 들고 연탄 연기 피어오르는 삼각지로 돌아왔다. 마음에 이별의 도깨비풀을 붙이고 들리지도 않는 마지막 수업을 들었다. 옷에 붙은 풀씨를 떼어 주던 증조할머니와 어머니의 손길이 못내 그리웠다. 밤에 수업을 마치면 교회당 바닥에 무릎을 꿇고 십자가 불빛을 올려다보며 기도하고 나왔다. 하늘에서 겨울비가 쏟아지고 있었다. 어린 시절에 아버지는 새가 낮게 날고 개미가 많이 보이면 내일 비가 온다는 징조며, 구름 크기나 바람 세기로 소나기와 하루 종일 내리는 비를 가려내는 지혜를 알려 줬다. 바람은 비를 몰고 왔다. 겨울비보다 야맹승이 먼저 내렸다. 밤길을 우산도 없이 걸었다. 아스팔트에 떨어지는 빗소리에 발자국 소리도 묻히고, 비에 젖는 얼굴로 안면 감각을 지팡이 삼아 걷기도 어려웠다. 고개 숙인 가로등 불빛을 길잡이로 삼았다. 빗길 위에서 시편을 암송하는 사람처럼 기도했다.

"하나님, 이 비가 제 인생에 내리는 은혜의 단비가 되게 하옵소서. 가난과 장애에 내리는 하늘 단비가 되게 하옵소서. 한 계단 한 계단 신학의 길을 오르겠습니다. 십 년 동안 차근차근 준비하겠습니다. 그날에 가난한 농부의 아들을 하나님의 일꾼으로 불러 주옵소서."

빗속을 걸으며 초등학교 하굣길을 떠올렸다. 우리 친구들은 소나기를 만나면 다 함께 비를 맞고 장난치며 노래를 불렀다. 어떤 아이는 신문지로 중세 기사의 투구를 접어 쓰고, 어떤 아이는 겉옷을 덮어쓰고, 어쩌다 우산을 가져온 아이는 차마 책가방을 열지 못했다. 우리는 도시락통에 수저가 부딪히는 딸그닥 딸그닥 소리를 내며 비 오는 강길을 걷고 산길을 걸어 마을로 행진했다. 마을 공동체에서 하나같이 동무애를 시나브로 채화했다. 때로 친구가 몸이 아프면 가방을 대신 들고 산을 넘었다.

빗길을 걸어 자취방으로 돌아왔다. 큰자형의 산삼을 먹은 효과인지 감기가 들지 않았다. 온수도 세탁기도 없는 부엌에서 감각이 둔한 고무장갑을 벗고 맨손으로 청바지를 빨아 처마에 널면 바지가 꽝꽝 얼고 고드름이 열리는 삼각지는 칡처럼 질긴 삶의 저력을 기르는 마을이다. 등 뒤에 연인을 돌아보듯 돌아보면 들풀 같은 그리움이 가난을 안고 일어난다.

겨울날 아침, 골목길에서 울상을 지으며 걸어오는 은지와 눈이 마주쳤다.

"아저씨, 우리 엄마, 요 앞에 동자보살 점집에 일하러 갔어요."

"그거 때문에 울었나? 추운데 버뜩 집에 가자."

"우리 엄마 이제 어떡해요?"

"다 개안타. 하나님은 우리 은지 마음에도 계시고 은구 마음에도 계시고 동자보살 집에도 계시니께네 걱정하지 마라."

종이컵 두 개에 실을 묶어 장난감 전화기를 만들었다.

"아아, 풍기 인삼 아가씨, 잘 들립니까?"

"와~ 잘 들려요. 아저씨는요?"

"응, 잘 들랜다. 은지야, 아저씨 씨게 차앴데이."

"예? 뭐라구요?"

"아이래. 우리 은지는 무슨 라면 제일 좋아하노?"

"삼, 짜장면이요."

"그래, 점심때 은구하고 도원반점 가자."

입심을 날리며 성서신학원 졸업고사를 치러 갔다. 500문제 중 2개를 틀렸다. 차들이 바람을 일으키며 지나가는 거리에서 진로를 고민했다. 목회연구과정을 밟아 3년을 더 공부하고 목사 안수를 받는 길, 신학대학교 1학년으로 들어가 7년을 공부하고 목사안수를 받는 길, 선택지를 잡은 손은 얼마나 무겁고 떨리는가. 나무에 신학을 비유하면 뿌리는 성서신학이며, 줄기는 역사신학이며, 가지는 조직신학이며, 열매는 실천신학이다. 한 그루 나무에 모든 신학이 들었다. 가지의 개수를 모르고 열매를 말할 자신이 없다. 이미 처음부터 시작하기로 마음먹은 길, 인생에서 2년이라는 시간은 얼마나 길까? 주경야독은 겨울비를 맞으며 걸어가는 밤길처럼 고단했지만, 신학의 밑거름으로 여기고 목표를 향해 달팽이 걸음으로 걸었다.

 신학대학교에 처음 도입한 특별전형 면접을 보고 영주로 돌아오는 길, 달려오는 버스 번호가 보이지 않아 손을 들지 못했다. 날이 저무는 터미널을 서성이며 눈에 다른 질병이 생겼다고 짐작했다. 시험 발표 날, 서울병원을 찾았다. 키가 껑충한 의사는 검사 결과를 경상도 억양으로 말했다.

 "진행은 별로 안 됐는데 백내장이 왔네요. 적절한 시기에 수술하면 됩니다."

 병원 한구석에서 신학대로 전화를 걸었다. 자기소개서에 요강에도 없는 성서신학원 성적표를 붙였다. 경쟁률 3:1을 통과할 자신감이 생긴다. 휴대폰 속에서 하늘이 무너지는 소리가 들린다.

 "합격자 명단에 우현준은 없어요."

"특별전형으로 지원했으니까 다시 한번 살펴보시겠어요? 우현준입니다."

"아, 축하해요. 여기 있어요. 우현준."

지하철에서 작은누나 말을 떠올린다.

"신학대 합격하면 내가 등록금이고 학비고 다 대줄게. 거기도 떨어지면 인간이 아니다."

고추를 판 돈으로 등록금 300만 원을 마련했지만, 농자금으로 돌리면 생활이 윤택하다는 생각에 작은누나에게 합격 문자를 보냈다. 작은누나는 좋은 대학을 나온 남자와 결혼해 입시학원을 차려 깍지로 갈비를 끌어모으듯 학부모의 돈을 싹싹 끌어모았다. 곧장 전화가 오고 누구에게 말하기도 힘든 독설에 눈물이 난다. 맞은편 좌석에 앉은 아주머니가 쳐다본다. 고개를 숙이고 엎드렸다. 벽돌운동으로 다진 탄탄한 어깨에 기대 졸던 아저씨는 넓은 등판을 베개 삼아 누워 드렁드렁 코를 곤다. 전화는 끊어지고 눈물은 떨어지고 지하철은 달린다. 아저씨가 깰까 봐 바보처럼 일어나지도 못하고, 아주머니는 구경꾼처럼 계속 쳐다보고, 철컥철컥 지하철은 달린다. 아저씨는 문이 열리자 서둘러 내린다. 아저씨처럼 지친 이들의 쉼터를 열고 싶다.

"우리가 왜 너랑 연락도 안 하는지 아니? 우리는 니한테 줄 게 있지만, 넌 우리한테 줄 게 없잖아."

작은누나는 고추밭에서 약대를 잡고 돌아온 남동생의

가슴에 대고 말 화살을 쐈다. 내 나이 스물둘이었다. 빈자의 손으로 지은 고추를 따박따박 챙겨가는 작은누나가 불쌍하다는 생각이 들었다. 우리 형제는 1남 2녀로 큰누나는 열다섯 살이 많고 작은누나는 여덟 살이 많다. 작은누나는 대학 운이 없었다. 작은누나는 대도시에 자취방을 얻어 재수를 했지만 대학에 떨어지고 서점 직원으로 지냈다. 아버지는 시골에서 재수 뒷바라지에 휘청이다 서울로 돈벌이를 나섰다.

중학생 때, 작은누나와 자취하면서 여러 번 폭행과 감금을 당했다. 어머니의 턱에 머리가 닿을 정도로 키가 작고 왜소한 체격으로 힘센 작은누나를 당하지 못했다. 방문을 지키고 선 작은누나는 괴물 같았다. 한 달에 한 번 만나는 아버지에게도, 고향집에서 농사짓는 어머니에게도 차마 사실을 알리지 못했다. 학교에 가면 공부를 못한다고 선생님들이 때리고 집에 오면 집에 왔다고 작은누나가 때렸다. 작은누나에게 우산으로 맞은 다음 날, 옷을 사러 가는 일은 괴로웠다. 누나 옷을 물려 입는 남동생이 안쓰러웠을까. 작은누나는 매장에서 꽃무늬가 놓인 여자 옷을 입으라고 강요했고 거부하자 따귀를 때렸다. 작은 몸이 휘청거렸다. 지난 날을 돌아보면 작은누나의 반찬 하나 빼앗아 먹은 적이 없다. 작은누나는 심한 조울증과 분노조절장애를 앓았고, 대학에 떨어진 열패감을 못난 남동생이라는 하수구에 버렸다.

고등학생이 되자 하늘에서 머리를 잡아당기는지 쭉쭉 대나무처럼 키가 컸다. 160을 넘기고 170을 넘기고 176cm가 됐다. 반전이 시작됐다. 라디오 충전기를 빼고 건전지를 넣으면 주파수가 또렷하게 잡힌다는 사실을 알아냈다. 작은누나는 '저 바보가 이걸 어떻게 알았지?' 하는 눈으로 쏘아봤다. 작은누나는 라디오를 숨겨놓고 찾아내라 난리였다. 고향집 사랑채로 피하면 따라오고, 안채로 피하면 또 따라왔다. 작은누나는 라디오를 찾아내라고 프라이팬처럼 사람을 들들 볶고 하루 종일 소리 질렀다. 집착이 강물이면 물귀신도 도망친다. 늦은 밤, 라디오를 찾아내라는 성화를 견디지 못하고 원숭이 뺨 칠만큼 유난히 긴 팔로 작은누나의 멱살을 잡고 흔들었다. 공짜로 배우는 복싱은 오른쪽 주먹에서 부들부들 떨고 있었다. '안 돼. 비겁해. 너도 똑같은 사람 될 거야?' 마음의 소리에 손을 놓았다.

가난한 농부의 아들을 도와주는 사람은 세상천지에 아무도 없다. 강산이 수백 번 변해도 고추와 수박이 자라는 땅은 생명이며 하늘이다. 겨울 시래깃국처럼 푸근한 고향 사람들은 우 이장네 아들이 대학에 붙었다며 호박꽃 같은 웃음을 띄웠다. 삼각지를 떠나는 날, 창고에 연탄은 그대로 남기고 화장실과 마당까지 깨끗하세 치웠다. 어려서부터 어머니는 사람이 떠난 자리는 깨끗해야 한다고 가르쳤다. 은지 엄마는 교회 다니는 사람이 다르다며 2년의 시간을 한마디로 돌려줬다.

"총각이 문간방에 있으니까 애들 두고 밤일을 나가도 마음이 편했어."

은지는 왕구슬 같은 눈으로 눈물을 떨어뜨렸다. 은지와 은구, 윤후, 삼각지 아이들과 강변에서 놀았던 시간은 가을 산처럼 마음을 물들였다. 신학교로 먼 길을 나섰다. 가난과 장애의 인쟁기를 지고.

두 번째 이야기

새로운 출발

먼 길

햇살이 나뭇잎에 닿는다
얼마나 먼 길 걸어왔을까
강물이 산을 돌아나간다
얼마나 먼 길 돌아왔을까

햇살은 먼 길 걸어와도
산을 물들이고
강물은 산을 돌아가도
바다와 만난다

수평선은 하늘에 닿고
하늘은 산을 물들인다

10. 다시 시작

눈이 내리던 뜨락에 봄이 내리는 삼월 첫날, 아버지는 댓돌에 서서 먼 산을 바라보며 헛기침하고, 어머니는 기쁨과 슬픔이 어리는 얼굴로 주머니를 뒤적거린다. 연회색 책가방을 엑스자로 둘러메고 한 손엔 남색 옷가방을 들었다. 하늘 같은 어버이에게 허리 숙여 인사하고 뚜벅뚜벅 마을 버스정류장으로 걸었다. 시골 버스는 굽이굽이 산을 넘어 영주여객에서 멈췄다. 다시 성큼성큼 걸음을 옮겼다. 길가 나뭇가지에 숨은 봄꽃이 깨어날 시간이다. 드디어 2년 만에 신학교로 가는 고속버스에 올랐다.

차창 너머로 산을 휘돌아가는 낙동강이 지나가고, 강산 사이로 들판이 펼치고, 농민이 논둑길을 큰길 가듯 걸어간다. 야간 신학교로 머리카락 휘날리며 정신없이 달려가는 청년도 지나가고, 삼각지 문간방에서 연탄불을 가는 총각도 지나가고, 고추밭에 서서 약대를 잡고 땀을 닦는 농부도 지나간다. 들판이 눈물로 일렁인다. 뭉글뭉글 장작불 피어오르는 사랑방에 앉아 먼 길 나서는 심정을 꺼내던 밤도 떠오른다.

"제가 없으믄 일손이 모자랄껜데 걱정이시더. 개안을라이껴?"

"보리도 밀도 나락도 기럽고(귀하고) 서속도 기럽은 시절을 살아왔데이. 엄마는 걱정하지 마레. 우리 아들 목사님 된다 그이께네 기분 좋구마. 맨 주먹 쥐고 바닥서 일나가꼬 미안코 대견타."

"부모님이 계시는데 내가 왜 바닥인고? 그른 말씀 마시게. 한 번도 그레 생각한 적 없네."

"니는 천상 목회자감이래. 니만 올바른 교역자 되믄 아부지는 개아네. 하고 싶은 거 한 번 해봐. 어데 가서 절대로 기죽지 마고."

소매로 눈물을 닦으며 다시 시작이라는 마음을 먹었다. 버스는 종착지 대구정거장에 멈춰 뜨거운 열기를 뿜어냈다. 시내버스를 또 갈아타고 남부정류장에서 내렸다. 8차선 도로를 질주하는 진량행 버스 번호가 보이지 않는다. 버스를 기다리는 사람 하나 없는 정류장을 시성였다. 해는 뉘엇뉘엇 기울고 날은 저물어 길이 지워진다. 또각또각 젊은 여성이 정류장으로 걸어와 멈춰 선다.

"저, 제가 야맹증이 심해서 그런데 진량 가는 버스 오면 말씀 좀 해주실 수 있으세요?"

"제가 타는 버스 타시면 돼요."

진량행 버스는 한 시간 가까이 밤길을 달려 영남신학대학교 정류장에 멈춘다. 시골집에서 가장 가까운 신학교는 경산시에 자리한 영신대가 아닌 서울시에 자리한 장신대다. 신학교 입학 면접 날, 장신대는 3시간 30분이 걸리고, 영신대는 4시간 30분이 걸린다는 사실을 알았지만 간절한 마음에 후회가 들어설 자리는 없다. 신학교에 합격한 날, 아버지 어머니의 손길로 고등학교를 졸업했다는 사실에 감사했다.

여섯 시간이 걸려 터덜터덜 버스를 내렸다. 어둠이 내린 낯선 밤길에 그만 발이 묶였다.

"저, 혹시 영남신학대학교 학생이세요?"

"네."

"제가 이번에 입학했거든요. 근데 야맹증이 심해서 지금 어디가 어딘지 몰라서 그런데, 학생 뒤를 따라가도 될까요?"

"아, 그러세요."

여학생은 길잡이처럼 또각또각 앞서 걷는다. 안면 감각과 청력과 온 신경을 곤두세워 여학생의 발자국 소리를 듣고 따라간다.

"학생, 저 학생?"

"네."

"그렇게 빨리 걸으시면 제가 발자국 소리를 놓쳐서 못 따라가요. 조금만 천천히 걸어가시면 좋겠어요."

"네."

"저, 그건 너무 느린데요."

"아, 네."

밤길을 걸어 남자 기숙사까지 안내한 여학생이 고마워 이름을 물었다.

"기독교교육학과 엄정효예요."

"네, 오늘 정말 감사해요. 저는 우현준입니다. 안녕히 가십시오."

105호 방문을 열었다. 6인실 방에는 낡은 철제 책상 3개와 2층 침대 3개가 놓였다. 삼각지 자취방처럼 에어컨도 선풍기도 없는 방이다. 눈이 작고 덩치가 큰 학생이 침대에 걸터앉아 슬쩍 고개를 돌린다.

"안녕하세요? 신학과 신입생이에요."

"그래, 반갑다. 기교과 2학년 한태우. 형이라 카먼 된다."

"예, 지보다 이려 보이시네요. 2학년이면 20대 초반?"

"어, 내가 좀 동안이긴 하지."

"동안이요? 이십대 중반으로 보이시는데요. 전 스물일

곱, 민증 보여요? 복지카드도 있는데, 저 시각장애인이에요."

"뭐락카노? 멀쩡하구만. 니 진짜 스물일곱 살이에요?"

"신경 쓰지 마세요. 열일곱으로도 보이니까. 태우야, 형 침대 한 번 닦아 봐라. 싹싹."

"예, 형님. 조금 있으면 다른 형님들 다 오실 낍니다. 무슨 운동하시는가 베요."

"음, 태우가 막내구나."

"네, 쾅서 왔습니다. 저 우에 서울에서 오셨습니꺼? 근데 왜 아까부터 웃으십니꺼?"

"아이래. 태우 말씨가 하도 우께가꼬. 우에서 왔제. 저짜 영주서."

"지금 장난치는겨? 뭔겨? 고향이 어딘겨?"

경상도, 강원도, 경기도 각지에서 모인 신학생들은 대부분 인생의 지각생이다. 강일령 장로의 낡은 봉고차에 낡은 컴퓨터를 싣고 낡은 기숙사를 답사한 날, 강 장로는 기숙사 화장실을 깨끗하게 청소했다. 그는 평소에 가슴을 단풍처럼 물들이는 어른이다. 스물둘 초겨울, 신학교 홍보 책자를 내밀던 삼척교회 안승하 전도사에게 전화를 걸었다.

"우 전도사님 축하해요."

"예? 저는, 전도사님이 아닌데요?"

"신학교 가면 다 전도사예요. 보자, 내가 영주 있을 때니까 벌써 5년이 지났네. 신학은 너무 빨리해도 안 좋아요. 적당해요."

신학교에 가면 전도사라는 말이 무슨 뜻인지 알았다. 면접 날 봤던 사람들이 강의실에 모여 서로를 전도사로 불렀다. 그들은 초등부나 청년부를 맡아 교육 전도사로 설교하는 사람들이다. 단언컨대, 신학교 1학년은 성서의 문자가 품은 의미를 풀어낼 내공이 없다. 적당한 나이에 신학을 시작했다는 안 전도사의 말을 짐작했지만, 입학생 평균 나이를 계산하면 딱 스물일곱이었다. 글자를 키우는 독서확대경을 사용해도 30분 정도 책을 들여다보면 피로감이 몰려왔다. 시각장애인복지관에는 전공도서가 없었고 책을 오디오북으로 만드는 기간은 3개월이었다. 중간고사까지 교과서를 완독하지 못해 1학기 학점은 형편없었다.

11. 신학교의 새벽

　　교정의 나무들은 햇살이 닿는 잎들부터 물들인다. 모과나무 모과가 노랗게 익어가고 신학교에 가을이 온다. 잔디밭에 앉으면 가을볕이 평화롭게 내린다. 여덟 살 이후로 마음 편히 누리지 못한 나른한 오후다. 정경호 교수는 울퉁불퉁 못생긴 모과에 아이처럼 눈독을 들이고, 신우는 보물처럼 여기는 은색 디카를 꺼낸다. 정 교수, 성하, 창주, 가물가물 기억나지 않는 신학생 서너 명이 달려와 해맑은 얼굴로 찰칵 영원에 순간을 담았다. '가을엔 움직이는 것들은 모두 쓸쓸하다'고 했던가. 고향집 마당에 동생 닮은 모과도, 아버지 어머니도 다 그리운 계절이다.
　　풀벌레 우는 가을밤, 신학교에 고요가 내리고 기숙사 창문마다 노란 불빛이 하나둘 꺼진다. 신학교는 학번이 아닌 나이가 아랫목을 차지한다. 105호 맏형은 나다. 우직하고 순박한 막내 태우를 방장으로 세웠다. 대단한 완장이라도 찬 듯 우쭐거리던 태우 얼굴이 옛날 영화의 한 장면처럼 스친다.

"소등합니다."

"어이, 빵장. 컵라면 사왔는데 어에꼬?"

"그라면 당근 무야제요. 형님은 인제 말하시는겨? 기분 좋크러."

"딱 한 개 모지랜다."

"길태 형님 자는구마."

"야가 뭔 소리하노? 현준이 형님 버뜩 꺼내 보소. 진짜 한 개 모지래요?"

"응, 정효가 달라 그레가꼬 한 개 줬데이. 너들 가이바위보 해라. 지는 놈은 그냥 잔다."

"이를 때는 방장이 살신성인하는 기라."

"형님은 가가 달락칸다꼬 주면 우엠미꺼?"

"형은 참, 여자한테 약한 마음 우야꼬?"

"3천 원쓱 거다라. 막내는 전화하고."

식당 밥은 정부미로 지었는지 돌아서면 배고프다. 밥상도 없는 방에 둘러앉아 삼일 굶은 사람처럼 찜닭을 먹고 밥을 비빈다. 신학교 운동장에는 축구 귀신이 붙었고, 기숙사에는 찜닭 귀신이 붙었다. 태우가 우적우적 찜닭을 씹으며 문신 같은 말을 내뱉는다.

"시간 흘러가 목회하며 찜닭 먹는 오늘이 억수로 그리울 낍니더. 다 추억아인겨."

"전파상 막내딸 진달래는 어에 대가노?"

"하~ 미치겠십니더. 기도해도 안 되고 저도 소나무 뿌리 하나 뽑으며 될란가요."

"태우 니는 이별 없는 사랑을 할 거 같데이."

"그라머 달래캉 내캉 사랑이 이뤄진단 말인겨? 진짜로?"

"사랑 중에 이별이 없는 사랑은 짝사랑."

군인처럼 머리를 깎은 동재가 웃음을 참으며 농담을 던진다.

"현준이 형님, 아 울그러 와 카십니까? 안만 케도 형님 말씀이 맞는 거 같다 신끼."

"어젯밤에 우리 다 들었지예. 뒷산에서 여자를 주시옵소서. 여자를 주시옵소서. 야밤에 한 마리 외로운 늑대, 카아~ 울부짖는 기도 소리, 산기도하다가 웃지도 몬하고 거 짠하데."

"태우야, 여자가 물건이라? 주고받그러."

복학생 선도가 연갈색 당면을 후르르 먹으면서 무심하게 묻는다.

"카머 뭐라고 기도합니까?"

"여자를 만나게 하여 주시옵소서."

"그기 그거 아인겨?"

"다르제. 언어는 존재의 집이라매? 언어는 곧 사회다. 섹슈얼리티를 토대로 성서의 페미니즘에 대해 논하시오. 이레 시험 나오믄 너들 적을라?"

향수를 성경처럼 여기는 한모가 귀를 후빈다.

"후~ 뭐락카노?"

"이 똑똑한 전도사님들아, 전공만 파지 마고 이인경 교수님 수업 좀 들어라."

태우는 두 손을 모으며 눈을 감는다.

"한 마리 늑대가 되어도 좋사오니 달래를 주옵소서."

"야동 끊고 아침마다 기숙사 헬스장 가자. 달래는 이레 근육 탄탄하고 잘생긴 남자 좋아한데이."

태우는 한모의 뒤통수에 대고 장풍을 날리는 흉내를 내며 안다는 듯 묻는다.

"한모 형, 또 어데 가는겨?"

"허연 거북선 뿜으러 가나? 걸리믄 고향 앞으로. 우리 집에 고추 따로 가라. 숙식 제공."

"거북선 건조하다가 퇴사하면 뭔 찬송을 불러 줘야 되노?"

"일어나라 일어나라 주의 자녀 새벽을 깨우리라 하늘이 열린다 깨어나라 깨어나라 주의 백성 세벽종 울려라 온 땅을 울려라 땅끝에서 땅끝까지 새벽을 깨우리라"

새벽 5시 30분, 기숙사 방방마다 300와트 고출력 스피

커가 찢어져라 울리고 복도에 전등이 켜진다. 신학생들은 십자가 첨탑이 솟은 대강당으로 어둠을 밀어내며 궁시렁궁시렁대며 걸어간다.

"새벽기도는 누가 만들었노?"

"여섯 시가 새벽기도가? 아침기도가?"

"외국에는 새벽기도 없닥카든데 이거 누가 만들어가 잠도 못 자그러 고생이고…"

신학생들은 한 학기가 지나면 몸이 새벽기도를 기억하고 아무도 불만을 품지 않는다. 영신대가 속한 예장통합은 합동과 기장 사이에 위치한다. 합동은 돌아앉고 통합은 걸어가고 기장은 뛰어간다. 새벽예배를 마치고 기도회가 열리면 통합 신학교 진풍경이 펼쳐진다. 손들고 주여 삼창하는 신학생, 무슨 말인지 모를 언어로 기도하는 신학생, 영화관보다 더 좋은 의자에 몸을 푹 묻는 신학생, 속삭이듯 중얼중얼 기도하는 신학생, 밀레의 만종처럼 침묵으로 새벽을 여는 신학생, 일부는 다른 길로 떠나고, 남은 자들은 다양한 신앙관을 소유한 목회자로 태어난다. 새벽기도를 마치자마자 절반이 빠져나가고, 10분이 지나면 또 절반이 빠져나가고, 날이 밝아오면 5명 정도가 남는다. 비탈밭을 가는 인생기를 묵상하다 눈을 뜨면 목청 좋은 인천 사람 박현수 전도사가 왼쪽 앞자리에 마지막까지 앉아 통성기도로 온 땅에 자유와 해방을 선포한다.

기숙사는 방방마다 돌아가면서 청소한다. 1동 105호 청소 차례가 돌아오면 새벽기도를 마치자마자 곧장 방으로 돌아온다. 청소는 모두 5곳이다. 공동 화장실, 세면실, 복도, 자기 방, 각방 쓰레기통 비우기. 강일령 장로를 본받아 1년 동안 화장실 청소를 자원했다. 다들 기피하는 일을 선택하면 몸은 불편해도 마음은 편하다. 남녀 기숙사는 아카시아 꽃향기 날리는 오월 축제일에 딱 하루 외부인 출입금지를 해제한다. 긴 머리 여자들이 방으로 들어오면 어색하다 못해 부끄럽다.

드디어 결판의 금요일, 40일 작정기도를 끝낸 50대 장 전도사와 40대 여 전도사가 소강당 지하 기도실로 개선장군처럼 성큼성큼 앞서 걸어간다. 그들은 오늘 내 눈을 고칠 모양이다. 햇살이 눈부신 가을날 오후다. 유미가 본관 앞에서 불러 세운다.

"오빠, 하양역에서 기차 타고 같이 집에 가요."

"응, 먼저 가라. 금방 따라갈게."

"지금 어디 가는데요?"

"저짜. 불 받으러."

유미는 고개를 돌려 소강당 쪽을 본다. 긴 머리가 나뭇잎처럼 반짝인다. 장 전도사가 들판 끝에 선 사람을 부르듯 큰 소리로 불러 젖힌다.

"뭐하노? 버뜩 안 오고."

성령 충만보다 유미와 나누는 대화가 좋은 불경스러운 마음을 붙들고 뛰어갔다. 장유유서를 모르는 척 기도 통보를 거절하기가 어려워 긍정도 부정도 아닌 애매한 답변을 꺼내던 시간을 갈아엎고 싶은 심정이다. 세 명이 1인 기도실에 무릎을 꿇었다. 장 전도사가 내 눈에 손을 얹고 침을 튀기며 기도한다. 1분 정도 흘렀을까. 장 전도사가 손을 뗀다. 그들은 기대에 찬 눈으로 눈을 뚫어져라 보고, 나도 그들 눈을 뚫어져라 본다. 기도실에 개미 기어가는 소리도 들릴 팽팽한 침묵이 들어찼다. 두 전도사는 패잔병처럼 기도실을 슬그머니 나간다. 한동안 그림자도 보이지 않는 그들은 혼자 시소를 타는 사람 같다. 오택현 교수가 강단에서 핏대를 올리던 말이 귓전에 맴돈다.

"여기 왜 왔습니까? 지금도 학비가 없어서 신학교에 못 들어오고 밖에서 땀을 흘리며 노동하는 사람들이 많습니다. 여러분들은 신학을 공부하기 위해 여기 왔습니다."

죽을 고비를 넘기고 십자가를 진 청년에게 미쳐 아버지 어머니도 인쟁기도 약대도 버리고 신학의 길을 걸어온 날들이 눈물로 얼룩진다. 빛이 색채를 서서히 떠나는 시간을 겪으면서 말하지 못할 만큼 불편해도 어느 하루 불행한 적은 없다.

12. 하늘을 지고 가는 길

 시월 끝날, 나무들은 뿌리에서 우듬지로 마지막 한 방울 물을 밀어 올린다. 먼지들이 나뭇잎에 안착하고 바람이 불면 허공을 떠돈다. 한 점 먼지 같은 인생, 딱 하루를 선택하라면 나뭇잎이 흙으로 돌아가는 시월의 마지막 날을 살리라.
 가을이 내린 교문을 지나 누런 사무용 봉투 같은 휴대폰 목소리를 떠올리며 진량읍 주민센터로 걸었다.
 "쌀 받으러 오세요."
 삼각지에서 신학교로 삶의 터전을 옮기고 남자 기숙사 1동 105호로 전입신고를 했다. 벌써 일곱 번째 이사다. 나무처럼 한 자리에 뿌리내리고 사는 날은 언제나 올까? 수급권자는 해마다 쌀 한 포대를 지급 받는다. 15분을 걸어 건조한 사무실 문을 열었다.

"하앗다 등치 좋네. 이거 지고 가소."
"영주서도 그랬는데 다 이러시는 건 아니죠?"
"고마 홀 지고 가요. 가뿐하다."
누가 시각장애인의 어깨에 쌀 포대를 지울 생각을 했을까. 10킬로그램 쌀 포대를 지고 신학교로 걷는 길, 밥은 하늘이라는 김지하의 시를 떠올린다.
"밥은 하늘입니다. 하늘을 혼자 못 가지듯이 밥은 서로 나눠 먹는 것. 밥은 하늘입니다. 하늘의 별을 함께 보듯이 밥은 여럿이 같이 먹는 것. 밥이 입으로 들어갈 때에 하늘을 몸속에 모시는 것…"
신학교 앞 작은 식당 시멘트 바닥에 쌀자루를 풀썩 내려놓았다. '로뎀나무 아래서' 보라색 철판에 흰색 페인트로 내리쓴 간판이 허름하다. 로뎀나무는 동기 천 전도사가 지난여름에 개업한 식당이다. 밥값이 있으면 내고 없으면 공짜 밥을 먹는다. 식당 겸 무료급식소인 셈이다. 천 전도사가 반찬을 만들면 신학생들이 밥을 푸고 설거지도 한다. 감나무 가지에 걸린 까치밥처럼 더불어 살자는 약속 같은 곳이다. 신학을 삶으로 옮겨 쓰지 않는다면 한낱 나부끼는 글자로 버려진다.
낮 11시 30분은 예배 시간이다. 새로운 목회자가 매일 설교단에 선다. 신학생들 천 명이 차돌 같은 눈을 뜨고 지켜보면 설교자는 가시방석에 앉는다. 오늘은 성찬식이 열리는 날, 새로 도입한 성찬식은 생소하다. 성찬단에 호박 같은 빵 덩이와 대야 같은 포도주 잔이 놓였다. 이원일 교수가 성찬 방식을 설명한다.

"여러분들이 빵을 조금 떼어서 포도주 잔에 직접 찍어 먹으면 됩니다. 빵을 먹을 때 교수님이 질문하시면 아멘이라고 답하시고 먹어야 합니다."

대강당에 오르간 연주가 울린다. 신학생들은 포도주에 빵을 살짝 찍어 먹고 일렬로 이동한다. 예수의 수난을 기념하는 성찬식은 숨 막힌다. 진지한 일상을 못 견디는 우교의 뒷모습이 줄타기 곡예사를 보듯 불안, 불안하다. 우교는 기어이 대접에서 카스텔라 빵을 한 움큼 뜯어 들고 적포도주에 푹 담근다. 민 교수가 일그러진 표정으로 근엄하게 묻는다.

"그리스도의 살과 피를 먹고 마심으로 당신의 죄가 사하여졌음을 믿습니까?"

느린 영상처럼 검은 입속으로 한 주먹 움켜쥔 빵 덩이는 들어가고 우교는 볼이 터지도록 우물거리며 익살스럽게 대답한다.

"아우멘."

2022 주차장 흰색 차번호가 뿌옇게 보인다. 백내장 수술 시간이 다가왔다. 수술은 먼지 낀 유리창처럼 혼탁한 수

정체를 제거하고 인공 수정체를 삽입한다. 넉살 좋은 환우회 광조 형이 지글지글 삼겹살이 익어가는 식당에서 싱글싱글 웃으며 말했다.

"백내장 수술을 가볍게 보는데 수술대에 누우면 신비한 경험을 할 거야."

"신비한 경험? 그게 뭡니까?"

"누워 봐. 그럼 알게 돼."

환자가 수술비 10%를 부담하는 개인 안과 문을 열었다. 인공 수정체는 대체로 원근감이 떨어지는 단초점 렌즈를 쓴다. 의사가 수선화를 밀어 올리는 꽃대 같은 목소리로 묻는다.

"특별히 잘 봤으면 하는 거리가 있나요? 가까운 거리와 먼 거리를 선택하시는 거예요. 바로 앞이나 3미터, 5미터, 아님 먼 산 어떤 게 좋으세요?"

"마주 앉은 사람을 잘 보고 싶어요."

차가운 수술대에 눕자 간호사는 얼굴에 눈만 뚫린 천을 덮고, 의사는 왼쪽 눈에 마취제를 주사한다.

"자, 시작합니다. 긴장 푸세요."

눈앞에 메스가 보인다. 메스가 눈을 찌른다. 메스가 움직일 때마다 수욱수욱 수정체를 도려내는 소리를 낸다. 얼굴에 액체가 흐르고 수정체가 뽑혀 나간다. 수술실 천장에 달린 불빛이 희뿌옇다.

'신비한 경험이 이거구나. 눈 없는 눈으로 보는 불빛.'
'그래. 어때? 눈 없는 눈으로 보는 세상이?'
'넌 누구니?'
'나, 마음의 소리. 넌 두렵지 않니?'
'머가? 이제 밝은 세상을 볼 건데?'
'눈 없는 눈으로 보는 시선들 말이야.'
'내가 타인의 시선이 두려운 사람 같아?'
'넌 아직 시각장애인의 고달픈 생활을 몰라.'
'장애를 몰라도 하나도 두렵지 않아. 도지 붙이는 농사꾼, 정부미를 지고 삼각지로 걸어가던 사람이야.'
'하하. 그러신가. 바닥 인생은 산전수전, 공중전이라지만 장애는 우주전이야. 너 부모님에게 장애인 등록한 거 말도 못 했잖아.'
'그건 부모님이 걱정하실까 봐 말씀드리지 않은 거뿐이야. 내가 유일하게 지켜야 할 사람들이거든.'
'사람들이 장애인을 불가촉천민처럼 피해 가도 진짜 괜찮아?'
'난 괜찮아. 우주의 먼지같이 살아도. 어차피 외로운 인생이잖아. 난 눈먼 새처럼 날개를 펴고 비상할 거야. 왜 더할 말 없어? 저 불빛 우리 엄마같이 예쁘다.'

30분, 수술이 끝났다. 회복실에서 잠들었다. 안대를 벗고 0.2 시력을 되찾았다. 차번호가 선명했다. 색채의 길을 걸어 신학교로 돌아왔다. 본관 앞 회백색 바위에 새긴 영신대 표어 '신학과 목회' 다섯 글자를 마음판에 새겼다. 여전히 눈 떨림 증상은 고칠 길이 없다. 글씨가 겨울 문풍지처럼 흔들리는 통에 30분 이상 독서확대경을 보기가 어려워 오디오북을 계속 이용했다. 휴대폰 액정에 다예 이름이 뜬다. 다예는 한우회에서 만난 동생이다. 사회복지학을 공부하는 비슷한 처지다.

"당분간 할매 좁쌀 안 찬다."

"좁쌀?"

"아래쪽 시야가 나빠 가꼬 시장 바닥에서 좁쌀을 드리 찼데이."

"그래서?"

"좁쌀 팔던 할매 얼굴이 까멨는데 좁쌀 한 번 보고 내 한 번 보디마는, 이걸 우에꼬? 이걸 우에꼬? 소리치이께네 막 시장 아지매들이 우르르 구경 났나 모에고."

"하하하. 난처했겠네. 그래서 어떡했어?"

" 좁쌀은 막 튀고 구르고 8천 원 물어냈데이."

"하하하. 오빠, 거지 돈통 차 봤어?"

"돈통?"

"나 서울역에서 거지 돈통 찼잖아. 십 원짜리 백 원짜리, 동전들이 막 튀고, 지하철 바닥을 땡그랑 구르고 거지 아저씨는 노려보고 무섭더라."

"하하하. 그래 가꼬?"

"주워 줄 수도 없고 도망쳤지. 근데 더 웃긴 건 막 정신없이 뛰다가 잠자는 노숙자를 밟은 거야. 진짜 무서웠어."

"하하하. 치마 입은 아가씨가 난처해서 어에꼬?"

습관처럼 바지 주머니에 손을 찔러 넣고 먼지가 날아가는 가을 길을 걸어 기숙사로 들어갔다. 모니터 바탕화면에 독수리 한 마리가 푸른 창공을 비상한다. 내일의 하늘이 검을지라도 오늘은 날아오르고 싶다.

별

사람이 죽으면 별이 된다
사람이 죽으면 별이 되어 깜빡인다

우리 할매 꽃상여 타고 뒷산 갔다는데
우리 형아 상여도 없이 앞산 갔다는데
우리 조카 무덤도 없이 절에 있다는데
하늘의 별이 되어 깜빡인다
나도 죽어서 별이 되리라

지금은 군불을 지펴야 할 시간
아궁이는 검은 입을 벌렸다
장작불 가마솥 바닥 핥고
저녁연기 하얗게 피어오른다
서쪽 하늘에 별이 깜빡인다

사람이 죽으면 별이 된다
별이 되어 길을 비춘다

13. 영혼과 바꿔도 아깝지 않을 아이

증조부가 심은 은행나무 은행잎이 또 노랗게 지고, 목화송이 같은 눈이 밤새도록 내린다. 첫눈이 오면 눈 위에 눈이 오는 눈을 바라본다. 뜨락에 검붉은 부지깽이로 '스물일곱 안녕'이라고 쓴 글자가 하얗게 지워진다. 꽝꽝 낙동강에 얼음이 어는 한 해의 끝자락, 새들은 빈집을 남기고 멀리 날아가고, 고가의 흙벽에 달력 한 장이 납작하게 붙었다. 한해살이를 마친 아버지 어머니는 사랑방에서 도란도란 흰콩을 고르고, 뭉글뭉글 저녁연기는 평화롭게 피어오른다.

교회 바닥에 무릎을 꿇고 스물여덟의 시간을 견딜 힘을 달라고 기도했다. 기도하지 않는 순간에도 손 잡아 달라고 기도했다. 십자가가 눈물로 일렁인다. 신학교 목회연구과정을 수학하는 김 전도사가 예배당에 달린 사택 문을 열고 나온다.

"현준아, 여기 교육 전도사로 올래? 초등부하고 중고등부 설교 좀 할 수 있어?"

"네, 할 수 있어요."

할 수 있다. 할 수 있다. 20년 만에 내뱉은 말이다. 초등학교 입학식 날, 아버지의 손을 잡고 당당하게 말하던 순간이 기억난다.

"저 일등할 수 있어요."

김 전도사의 초대를 거절하지 않고 받아들인 이유는 농사 때문이다. 아버지 어머니는 신학교로 떠난 아들의 일손을 채우느라 까만 얼굴이 더 까매졌다. 신학교에서 고향집까지 왕복 10시간이 걸리는 먼 길을 자주 다니지 못해 기숙사에서 혼자 찬송을 부르면 마음은 겨울나무다. 신학교는 월요일이 빨간 날이다. 월요일에 밭일하고, 화요일 아침에 김 전도사의 봉고차에 올라 2시간 만에 신학교로 돌아왔다. 설교자로 강단에 서면 삶의 의미를 느꼈다. 상상하지 못한 날이 찾아왔다.

온풍기와 전기난로를 켜는 주일 아침, 초등부 아이들이 눈을 반짝인다.

"형아가 우리 교회 전도사님으로 왔어?"

"응, 맞는데 부르던 대로 부르고 하던 대로 하자. 형아잖아."

"형아, 영남대학교가 좋은 대학교야?"

"어? 형아는 영남신학대학교야."

아홉 살 준하가 자랑처럼 큰소리로 동갑내기 연하를 가르치기 시작한다.

"영남대학교 진짜 좋은 대학교야. 형아같이 공부 엄청 열심히 해야 합격한단 말이야."

처마에 달린 시래기처럼 순박한 마을 사람들도 우 이장네 아들을 영남대학교 신학생으로 부른다. 100년 전통의 영남신학대학교는 커다란 영남대학교 그림자에 덮인다. 마을 동생들이 형아 오빠를 선생님으로 부르고, 전도사님으로 부르고, 뽀시락 뽀시락 작은 손으로 사탕을 까서 입에 넣어주던 시간은 사탕같이 달콤했다.

감자꽃이 피는 오월을 지나 태양이 낮게 뜨는 여름이 왔다. 여름방학이 돌아오면 고향집에서 석 달 남짓 농사일을 거든다. 짙푸른 고추밭을 첫물 고추 부대를 지고 걸어 나오면 어깨가 벌겋게 물든다. 어깨에 고춧물이 붉게 배일수록 겨울날 저녁연기는 평화롭게 피어오른다. 긴 해가 뉘엿뉘엿 기우는 해 질 녘, 오토바이에 어머니를 태우고 까만 얼굴로 마당에 들어섰다. 곧장 은색 자동차가 뒤따라 들어오고 30대 여성이 구두를 신고 내린다. 작은누나다. 아버지 어머니와 작은누나가 사랑방에서 웅성거리는 목소리가 들린다. 어린 시절, 손에서 잘못 빠져나간 쥐불놀이가 어두운 허공을 날아가 전깃줄에 걸리던 순간처럼 불안하고 또 불안하다. 마당을 서성이고 뜨락을 서성이다 작은누나와 마주쳤다.

"준서, 현진이하고 똑같은 병이야."

마취제를 맞은 것처럼 가슴이 먹먹하다. 준서는 작은누나의 아홉 살 아들이다. 우리 형제는 3남 3녀였다. 첫째 형제는 결혼한 후 갑자기 실명한 큰누나며, 둘째 형제는 영아기에 어머니 품에서 숨을 거뒀으며, 셋째 형제는 남보다 못한 작은누나며, 넷째 형제는 12세에 끔찍한 희귀질환을 앓다 하늘나라로 떠난 현진 형이며, 다섯째 형제는 시력이 멀어가는 나며, 여섯째 형제는 어머니 뱃속에서 이름도 없이 생을 마감한 동생이다. X염색체 변이로 부신백질이영양증이 가계 유전으로 흐른다. 남아는 영아기나 10세 전후에 사망하며 여아는 보인자가 된다. 여아가 성장해 남아를 출산하면 아이는 또 죽는다. 우리나라는 아이들 20명이 고통 속에서 비명조차 지르지 못하고 죽어간다. 하고 많은 사람 중에, 하고 많은 질병 중에 무서운 희귀질환이 우리 형제에게 왔다.

큰누나는 다행인지 불행인지 몰라도 아이가 없다. 손이 귀한 종가에 태어난 조카 준서는 우리의 기쁨이다. 준서는 외가에 오는 날을 좋아했고 아버지는 오토바이 앞에 준서를 태우고 마을을 돌아다니곤 했다. 형처럼 키가 크고 잘생긴 조카가 형과 똑같은 병이라는 사실이 믿기지 않는다. 준서는 말이 어늘해지고, 행동이 둔해지고, 지능이 떨어지고, 사지가 마비되고, 끝내는 자리에 누웠다. 형과 똑같은 순서다. 주먹을 꼭 쥐고 잠든 아이의 손을 펴주던 날엔 꿈에도 상상하지 못한 일이다.

"삼촌, 세상에서 제일 큰 동물이 뭔지 알아?"

"음, 코끼리?"

"범고래야. 맞지? 범고래가 제일 크지?"

"그렇구나. 몰랐네. 우리 준서가 그런 것도 다 아네."

"으엉."

"어우, 무서워. 호랑이는 진짜 무서워."

호랑이 흉내를 잘 내던 준서는 일어나지 못하고 삼촌을 알아보지 못한다. 기숙사 기도실에서 금식기도했다. 하나님은 한마디 말이 없다. 신학교 앞에 미로 같은 동네를 미친 사람처럼 돌아다녔다. 캄캄한 골목길에서 진실로 무릎을 꿇었다. 영혼과 바꿔도 아깝지 않을 준서를 살릴 길도, 대신 죽을 길도 없다.

토요일 점심 무렵, 시골집에서 작은자형의 차를 타고 준서를 돌보러 영주로 갔다. 작은누나는 준서가 싼 오줌을 닦으면서 어머니를 원망했다. 여덟 살 이후로 꾹꾹 누른 화가 치밀어 올랐다.

"미쳤어? 엄마가 무슨 죄가 있어?"

당장 식기가 날아오고 과도가 날아왔다. 준서가 식탁에

서 말했다.

"싸우지 마."

준서의 마지막 말이다. 인쟁기를 지고 말없이 걸어가던 날처럼 끝까지 참고 침묵하지 못한 순간이 돌이키고 싶은 후회로 남는다. 작은누나의 고통을 헤아리지 못한 채 집을 도망치듯 나왔다. 시골집에 지갑을 두고 오는 바람에 과도에 베인 손등을 잡고 걸었다. 문수면 길가 밭에서 농수를 얻어 마시고 손을 씻었다. 오토바이를 타고 오는 아버지를 봤다. 작은누나의 전화를 받고 오는 길이라고 짐작했다.

"집에 가 있어라."

아버지는 영주로 떠나면서 한마디를 남긴다. 길을 걸으면서 형이 생각났다.

14. 우리 다시 만나자

　형은 키가 크고 잘생긴 아홉 살, 나는 작고 하얀 다섯 살이었다. 마음씨 좋은 형이 세상에서 제일 좋았다. 형이 가는 곳은 껌딱지처럼 따라갔다. 형이 화장실에 가면 따라가고, 놀러 나가면 따라가고, 학교에 가면 또 따라갔다. 형이 오죽 좋았으면 재래식 화장실에 엉덩이를 맞대고 쪼그리고 앉아 킥킥대며 천진스레 똥을 눴다. 형은 어두운 안쪽, 나는 밝은 바깥쪽에 앉았다. 봄비 오는 날, 안마루 끝에 서서 누가 오줌을 멀리 누는지 시합도 했다. 유치원도 입학하지 않은 다섯 살 꼬맹이가 초등학교에 가는 형을 졸졸 따라가 4교시 학교종이 울리기를 기다렸다. 형과 함께 강길을 걷고 산을 넘어 집으로 오면 새들도 날아올랐다.
　햇살 좋은 봄날에 뒤뜰에서 소꿉놀이를 했다. 지금 돌아보면 아홉 살 형이 어린 동생을 돌보며 놀아 주는 봄날이다.

"형아가 아빠하는 거야?"

"응, 준이가 아기니까 아기하는 거야. 현이는 여자니까 엄마하는 거고."

"내가 아빠하고 싶어."

"그래, 현준이가 아빠 해."

2층 뜰로 올라가는 돌계단 앞에서 청색 티셔츠를 입고 말하던 형 모습이 기억의 필름에 찍혀 지워지지 않는다.

형은 덩치 큰 열한 살, 나는 여전히 작고 하얀 일곱 살, 형이 아프기 시작했다. 말이 어눌하고, 동작이 둔하고, 지능이 떨어지고, 사지가 무섭게 굳어가고, 끝내 자리에 누웠다. 뻣뻣하게 마비된 형의 발을 주물렀다.

"형아, 괜찮아. 내가 이렇게 발 주무르면 다시 펴져."

발은 펴지지 않고 어머니 얼굴은 근심이 가득하고 형은 바보같이 웃는다. 누가 머릿속에서 영상을 재생하는지 오늘 일처럼 생생하다. 형은 음식을 씹지 못했다. 몰래 과자를 먹다 잘못 튀겨진 작은 새우깡을 보면 형에게 가져갔다. 그 마저도 먹지 못하는 형을 보는 날, 마루 끝에 나와 앉아 울었다. 누가 형의 고통을 덜어 주고 누가 일곱 살 아이의 기도를 들어줄까. 서울병원에 가도 형의 희귀질환을 고칠 길이 없었고 병명도 몰랐다.

나는 여덟 살이 됐고 형은 열두 살이 됐다. 형은 여전히 쓰러진 나무처럼 침을 흘리며 누워 지냈다. 가물가물 기억나지 않은 봄, 나는 갑자기 고열로 쓰러졌다. 구급차는 산골 마을에서 영주병원으로 달렸고, 어딘지 모를 큰 병원으로 또 달렸다. 까무룩 정신을 잃었다. 시간이 얼마나 지났을까. 사경에서 깨어났다. 나는 병실 침대에 주사를 주렁주렁 꽂고 누워 있었다. 뜨거운 천으로 살과 뼈를 쥐어짜는 듯한 고통을 견디지 못하고 몇 번씩 까무러쳤다. 사경에서 깰 때마다 혼자였다. 아버지를 불러도 오지 않았고 어머니를 불러도 오지 않았다. 눈을 떠도 앞이 캄캄했다. 누군가 1미터 정도 떨어진 오른쪽에서 벌벌 떠는 목소리로 똑같은 말을 반복했다.

"아부지 금방 오신다. 아부지 금방 오신다."

작은할머니 목소리였다. 그때를 돌아보면 죽어도 좋은 날이다.

퇴원할 때까지 아버지 어머니는 오지 않았다. 시내 작은할아버지 집에서 초등학교를 다녔다. 빼빼 마른 여자아이 소라가 운동장에서 걱정이 묻은 반가운 얼굴로 말하던 한 장면이 기억난다.

"니 한 달 만에 학교에 왔어."

5학년 1반에 가봐도 형은 없었다. 아픈 형이 학교에 올리 만무했지만, 그래도 한 번 가보고 싶었다. 나는 어른들에게 집에 가면 큰일 난다는 엄한 세뇌를 받았다. 아무도 상황을 설명하지 않아 영문을 몰랐다.

'나는 왜 집으로 못 갈까? 부모님은 왜 없는 걸까? 형아는 이제 안 아플까?'

엄마처럼 따뜻한 김정희 담임 선생님도, 친구들도 입을 다물었다. 강길을 걸어 산을 넘어 집으로 가고 싶은 마음을 꾹꾹 눌렀다. 어스름 저녁, 빈 운동장 한쪽에 앉아 있으면 초등교사인 작은할아버지가 막차를 타고 마중을 나왔다. 그때부터 날이 저물면 사람 얼굴이 보이지 않았고 간단한 시험 문제도 풀지 못했다.

넉 달쯤 지나 그토록 그리던 집에 왔다. 사랑채로 달려갔다. 형은 없었다. 안채로 달려가도 형은 없었다. 마당이며 뒤뜰이며 온 집을 돌아다녀도 보고 싶은 형은 없었다. 아버지는 어두컴컴한 안방에 누워 간경화를 앓고, 어머니는 물속에 잠긴 사람 같았다. 한복을 입은 증조할머니 얼굴도, 세발자전거에 기름칠을 해주던 별채 아저씨 얼굴도 침울했다. 그 후로 우리 집은 언제나 짙은 안개가 자욱했고, 형이라는 말은 입에 올리지 못하는 금지어였다. 형이 남기고 간 4학년 1학기 국어책을 읽고 또 읽었다. 책장 속에서 형의 냄새를 맡곤 했다. 구석진 자리에 남은 유품은 미처 태우지 못한 모양이다. 형은 작별 인사도 없이 떠났다.

"증조할매, 형아는 어디 있어?"

"이제 형아 얘기하면 안 된다. 능금 먹자."

"왜 안 돼? 형아 보고 싶어."

"할아버지 할머니 어디 계신다고 했지?"

"저기 좋은 데."

"형아도 좋은 데 갔다."

고모가 신주를 뜨락에 내동댕이치고 목탁과 염주를 불사르는 날, 안마루에 십자가를 걸었다. 이듬해, 별채 아저씨는 이사를 나갔고, 토지를 하나둘씩 팔아 치웠다. 장난감이 차고 넘치는 부잣집에서 입을 옷이 없는 가난한 집이 됐다. 동민들의 전화번호를 외우는 명석한 아이라는 칭찬도 끊어졌고, 갑자기 변한 환경에 적응을 못하는 우울한 아이가 됐다. 아버지는 긴 투병 끝에 일어나 다시 농사를 지었다.

문수면사무소로 넘어가는 언덕길을 올라 기차역을 지나 낙동강변을 걸어가는 길, 가을을 몰고 오는 구월 강바람이 시린 가슴을 쓸고 지나간다. 강물은 소리 없이 흘러가고 아픔의 책장은 넘어가지 않는다. 노을이 내린 강물에 눈물을 씻고 집으로 또 걷는 길, 고등학교 토요일 하굣길을 떠올린다. 영주공고에서 고향집까지 14킬로미터, 매주 토요일마다 먼 길을 걸어 다녔다. 늘상 길바닥을 보고 기도했다.

"하나님, 우리 집은 너무 가난하고 나는 공고 꼴찌예요. 선생님들은 바보라고 맨날 무시해요. 나도 꿈을 꾸며 살고 싶어요."

돌아보면 돌아보기 싫은 날들이 목덜미를 잡으려고 검은 손을 뻗고 달려온다. 세상천지 가난한 신학생이 피할 피

난처는 없다.

구월이 시월을 부르는 시간, 준서를 만나러 도원반점 앞을 지나가는 길, 삼각지 은지가 짜장이 묻은 나무젓가락을 들고 헐레벌떡 뛰어온다.

"아저씨, 아저씨, 은지예요."

"은지야, 저서 나오는 거라?"

"예, 아저씨 걸어가는 거 봤어요."

"짜장면 먹다가 아저씨가 보이드나?"

"아저씨 방, 진짜 좋아졌어요. 기름보일러도 놓고 문도 바꾸고, 근데 새로 온 아저씨는 맨날 술만 먹고 소리질러요. 아저씨 다시 오세요. 예?"

"아저씨가 지금 어에 가노?"

"아저씨하고 자전거도 타고 강가도 놀러 가고 싶은데 오면 정말 좋겠다."

"은지야?"

"예."

"얼굴에 짜장면 묻었다."

"히히."

"아저씨 간다. 버뜩 드가라."

사랑하는 사람은 찰나에도 눈에 띄는가. 은지와 준서는 아홉 살 동갑내기다. 2년 만에 만난 아이와 눈높이를 맞추고 손을 꼭 잡아 주고 싶어도 사랑을 건넬 여유가 없다. 준서는 말을 못하고 누웠다. 이를 얼마나 물었는지 치아가 다 틀어졌다. 고통을 참는 의지일까, 마비된 몸을 느끼고 싶은 본능일까? 강아지 솔이가 고개를 떨구고 돌아다닌다. 솔이와 놀던 준서 모습이 아른거린다. 조카가 우리 집에 태어나지 않았다면 어땠을까? 차라리 대신 죽고 싶다. 하나님은 아무 말이 없다. 십자가에 달린 아들을 바라보는 마리아처럼 눈물만 흘릴 뿐이다.

아픔의 시간은 더디 흐르고 불행은 한꺼번에 찾아오는가. 김 전도사가 교회에서 밀려나는 바람에 버스를 타고 신학교로 돌아왔다. 회백색 바위에 새긴 다섯 글자가 초라하다. 아버지 어머니는 작은누나의 원망과 분노를 피해 300평 고택을 팔고 옹천기도원으로 숨었다. 아들에게 쫓기는 다윗처럼 가을 추수도 못하고 한 잎 낙엽같이 쓸려가는 길이다. 아버지는 담담한 목소리로 전화를 걸어왔다.

"그 많은 재산 니한테 하나도 못 물려줘서 미안타."

"개안니더. 저는 그 돈이 있어도 살고 없어도 삽니다. 가세가 자꾸 기우는 걸 어에니껴. 너무 자책하지 마시소. 아부지 잘못이 아닙니다."

"아부지는 미안타."

"저는 부모님 신앙 물려받아서 감사해요. 기도의 유산으로 살게요."

"집에는 가지 마레. 가가 제정신이 아이래."

"마지막 설교하고 그래도 아이들하고 인사는 해야 안 될리껴?"

"그레믄 불을 키지 마라. 가가 지금 교회도 난장판을 부리고 니도 해꼬지할 거래."

"걱정 마시소. 어에든동 마음 편히 잡수시고 몸조리 잘 하시소."

아버지는 미안하다는 말을 반복했다. 영주행 버스를 타고 집에 왔다. 어두운 방에서 머릿속으로 설교를 준비했다. 아이들과 인사하고 고향집을 둘러봤다. 가을이면 감홍시가 툭툭 떨어지고 은행나무 은행잎이 노랗게 물든다. 그리움이 아픔을 안고 내려앉는 집이다. 집도 교회도 잃고 봉회리 117번지 기숙사로 돌아왔다. 작은누나는 부석사에 준서 유해를 안치했다. 8년 9개월의 짧은 생이다. 기숙사에 누워 형에게 말했다.

'형아, 그때 형이 살고 내가 죽었더라면 얼마나 좋았을까. 우리 조카, 이쁘고 이쁜 아이, 지금 거기 있어? 난 조카마저 같은 병으로 세상을 떠날 땐 살기 싫더라. 차라리 대신 죽고 싶었어. 서울대병원 의사가 작은누나한테 그랬대. 남동생이 건강하게 살아있는 게 기적이라고. 형 병명도 이번에 알았어. 형이 남기고 간 몫까지 열심히 살고 싶은데 너무 힘이 들어. 여기서 더는 할 일이 없는 날, 우리 다시 만나자.'

15. 마음의 등대

　가을은 플라타너스 단풍잎을 따라가고 창문 너머 운동장에 시린 바람이 불어온다. 목마른 시간을 견딘 나무들은 마지막 잎을 내려놓고 허허로운 겨울 속으로 걸어간다. 서산 위로 갓 태어난 초승달 하나 걸리고, 화선지에 스미는 먹물처럼 어둠이 내려와 저녁을 지운다. 새 한 마리 뒤늦게 둥지를 찾아 포르르 날아가고 집을 잃은 마음은 갈 곳이 없다. 짧은 생을 살다 간 영혼들은 어디로 가는가? 하늘은 이를 묻고 또 묻고 삶을 붙들던 생명을 왜 데려가는가? 십자가에 달린 예수는 아무 말이 없다. 붙이지도 못하고 떼지도 못하는 불가의 종이처럼 예수를 사랑하지도 미워하지도 못하는 밤이다.
　금요일 오후가 돌아오면 신학생들은 사역지와 집으로 떠나고 기숙사에 무서운 고요가 밀려온다. 침대에 누우면 어린 준서 얼굴이 아지랑이처럼 어른거리고, 의자에 앉으면 아버지 어머니의 주름진 얼굴이 어른거린다. 지하 헬스장에서 밤이 저물도록 바벨을 들면 마음이 쉰다. 방으로 돌아오는 복도에서 등 뒤로 슬리퍼를 끄는 발소리가 지나간다. 누군가 건너편 2동 끝방으로 들어간다. 외로운 사람은 외로운 사람을 금방 알아본다. 혼자 찬송을 부르는 주일이 지나가고 또 지나가고 겨울방학이 왔다. 슬리퍼를 끄는 외로운 발소리에 등이 시큰하다. 소리가 사라진 방문을 두드렸다. 키가 작고 두꺼운 안경을 쓴 30대 남자가 비죽 문을 연다. 인상이 선하다.

"발소리가 나서…"

"아, 들어오세요."

"4인실도 스산하네요."

"사람 사는 데는 다 똑같지요. 왜 이 시간에…?"

"갈 데가 없어서요. 저는 신학과 2학년 우현준입니다. 영주가 고향이시더. 1동에 사니더."

"목연 졸업반 강현무입니다. 태백에서 왔어요."

"반갑습니다. 손이 차십니다."

"하하, 그래요…"

"이짝에 2동에도 주일에 슬리퍼 끄시는 분이 계시던데요?"

"예, 저요? 동병상련이지요."

태백 사람 강 전도사, 그도 시력이 점점 멀어가며 둥지 잃은 새처럼 돌아갈 집이 없다. 지난해, 성탄절에 사역지를 잃고 기숙사를 교회로 삼은 사람이다. 세상에는 궁벽진 자리에서 시간을 견디는 생명들이 많다.

강 전도사가 침대에 기대앉아 안경을 밀어 올리며 눈치를 보는 아이처럼 조심스럽게 입을 뗀다.

"내일 새벽에 울산에 갑니다. 같이 가실래요?"

"거기 예쁜 애인이라도 계십니까?"

"하하, 별소리를 다하시네. 동기 전도사님이 울산 방어진에서 개척교회를 열었어요. 지난주일부터 아침에 설교합니다."

"몇 시에 가시니껴?"

싸락눈이 흩날리는 새벽, 경산시 진량터미널로 걸었다. 칼바람이 치는 공기를 밀어내면 몸은 춥고 배고프다. 울산행 첫차는 1시간 40분을 달려 터미널에 멈췄다. 다시 버스를 갈아타고 40분이 걸려 방어진에 도착했다. 손으로 밀면 밀릴 것 같은 기와집에 세운 은빛 십자가가 반짝인다. 아줌마표 뽀글이 파마한 중년 여성이 갈색 바바리코트를 입고 치아를 보인다.

"우 전도시님, 안녕하세요? 얘기 많이 들었어요. 유소화 전도사예요."

"반가워요. 저는 얘기 못 들었는데, 교회가 아담합니

다."
"하하. 글치요. 먼 길 오시느라 고생 많으셨어요. 앉으시소."

전기난로가 따뜻한 의자에 앉아 패딩 소매를 들어 아버지가 물려준 손목시계를 봤다. 금색 바늘이 9시에 붙자, 자폐아로 보이는 초등학생이 스르륵 미닫이문을 열고 들어온다. 바늘이 11시에 붙자, 머리가 희끗한 할머니가 들어오고 땅땅한 아저씨가 따라 들어오고 긴 머리 아가씨가 또 따라 들어온다. 생김새가 다 한 가족이다. 오른쪽 곁문으로 지적장애인으로 보이는 50대 아주머니가 들어오고, 늙수그레한 청년이 긴 머리 아가씨에게 시선을 꽂은 채로 엉거주춤 따라 들어온다. 교인은 총 9명이다. 할머니가 웃으면서 말을 건넨다.

"우리 교회는 교인이 마카 다 아홉 명인데 주의 종이 세 분이라요. 어데 가서 자랑할만하네."

"예, 자랑 좀 마이 하시소. 할머니 뵈니까 우리 증조할매 생각나네요."

9명이 낡은 식탁에 둘러앉은 점심시간, 뜨끈한 뭇국보다 가족의 향수가 먼저 피어오른다. 긴 머리 아가씨가 늙수그레한 청년의 시선을 의식하며 말문을 연다.

"우 전도사님, 저는 유 전도사님 딸이구요, 하슬비예요."

"예, 닮으셨네요. 청년은 이름이 뭡니까?"
"아, 예, 저요? 노석두인데요."
"미래의 희망, 우리 어린이는 이름이 뭐예요?"
"저는, 초등학교 1학년, 권,상,우입니다."
"그래. 상우야, 반가워. 똘망똘망 잘생겼네. 전도사님은 공개 소개했으니까 이름 알제?"
아이는 눈을 마주치지 못한다. 땅땅한 아저씨 차례다.
"유 전도사님 남편입니다. 하진배 집사라고 합니다. 잘 오셨어요."
"그레믄 사모님이 아니시고 사부님이시네요."
식탁에 가벼운 웃음이 돈다. 할머니는 이름이 없는 사람처럼 말없이 밥을 먹고, 방금 미용실에서 나온 사람 같은 아주머니는 굳이 유 전도사에게 허락을 받고 화장실에 간다.
"이짝에 바다가 있는갑제요? 흡흡, 바다 냄새가 나니더."
강 전도사가 히죽 웃으며 농을 받아친다.
"눈보다 코가 더 밝아요."
슬비와 강 전도사가 어깨를 웅크리고 앞서가고 석두는 터벅터벅 뒤를 따라온다. 방파제 너머로 바다 냄새가 바람을 타고 날아와 코에 박히고, 우람한 등대가 먼바다를 향해 우뚝 서 있다. 태어나 처음 보는 등대다. 발아래 바다는 아득하고 겨울 햇살은 흰 파도에 부딪혀 쓰러진다.

"야~ 등대 좀 보소. 누군가를 기다리는 듯, 누군가와 약속이라도 한 듯 망망대해를 하염없이 바라보네. 바다바라기, 배바라기, 멋지다. 우리가 주님을 이레 바라보고 살니껴? 강 전도사님 안 글니껴?"

"시인 나셨네. 시인 나셨어."

"오~ 끝내 주네. 여서 혹 띠기믄(떨어지면) 바로 그냥 주님 만나겠다. 강 전도사님 주님 만나고 싶거든 여 오소."

"하하, 또 왜 이러실까? 재미있어요?"

"좋아서 그랍니다. 좋아서. 여 주님 만나기는 좀 춥다."

날이 저물면 등대는 불 밝혀 밤바다를 비추고 항구로 들어오는 배들의 기준점이 되리라. 마음의 등대에 환한 빛을 밝혀 어둠을 몰아내는 사람이고 싶다. 자식을 기다리는 어미의 심정으로 길을 찾고 집을 찾는 이들을 마중 나가는 사람이고 싶다. 눈이 바다에 안겨 바다가 되는 풍경을 보고 싶다. 눈이 바다에 안겨 잠드는 순간에 어떤 소리를 내는지 듣고 싶다. 겨울이 와도 눈이 오지 않는 날은 더 외롭다.

신학교 기숙사가 고요로 얼어붙는 겨울방학, 1동에는 농부의 아들이 살고, 2동에는 강 전도사가 살고, 3동과 4동은 아무도 없다. 집으로 가고 싶다. 아버지 어머니와 둘러앉아 구수한 시래깃국을 먹고 싶다. 푹푹, 눈이 내리는 겨울밤, 고향집 뜨끈한 사랑방에 누우면 뒷산 나무들이 눈의 무게를 견디다 탁탁, 부러지는 소리가 쩌렁쩌렁 고요한 세상을 울린다. 꼭 나무의 비명 같다. 사람의 방문을 두드리고 겨울 풍경으로 소멸하는 나무의 비명. 고향집 사랑방에는 형이 살고 준서가 산다. 삶은 견디는 것, 내일 부러지더라도 오늘은 삶의 무게를 묵묵히 견디는 것.

토요일 오후, 울산행 버스에 올랐다. 새벽길을 나서는 편보다 교회당에서 하룻밤 잠을 자는 편이 낫다. 교회당으로 걷는 걸음, 멀리 십자가가 눈에 띈다. 기와지붕 위로 강풍이 휘몰아친다. 오늘도 십자가는 한마디 말이 없다. 교회당에 냉기가 돈다. 유 전도사가 전기장판을 들고 잰걸음으로 뛰어온다.

"여기 부엌에 불이 안 들어와요. 이거 깔고 주무시소. 백만 원짜리 전기장판이다. 여 다 옥이라."

점잖은 강 전도사는 의아한 얼굴로 김치국물이 묻은 두툼한 전기장판을 보고, 나는 전기장판에 아이처럼 드러누웠다.

"야~ 백만 원짜리 전기장판에서 잠을 자믄 아침에 벌떡벌떡합니까? 강 전도사님 뭐하시니껴? 우리 손 꼭 잡고 자야제. 버뜩 누우시소. 설레는구마."

예배당 안쪽에 달린 부엌에서 백만 원짜리 전기장판을 깔고 잠을 청한다. 겨울바람에 부엌문이 곧 떨어질 듯 덜거덕덜거덕 흔들린다.

"우 전도사님은 여친 없어요?"

"왜요? 어디 이쁜 아가씨 있으믄 소개해 주실라고요?"

"여기서 이러고 남자 둘이 자니까 좀 서글퍼서 그러지요."

"나 여자처럼 생겼잖아. 하얀 얼굴, 큰 눈, 오뚝한 콧날, 도톰한 입술, 영락없는 여자구마. 내가 예쁜 여자다. 이레 생각하시고 주무시소. 만지지는 말고."

"그런 농담이 아무렇지도 않게 나와요?"

"전도사님 이마에 글씨 적혀 있어요. 난 밤이 외로워요."

"참네, 말을 말아야지."

금색 바늘이 11시에 붙고 부엌문은 계속 덜덜거린다. 기숙사 퇴실은 다가오고 강 전도사의 거치가 걱정스럽다.

"2월에 졸업식이 있습니다. 어디로 가십니까?"

"아직 모르겠어요."

"유 전도사님은 자리를 꼭 잡고 계시고, 사례비도 없이 생활도 어려울 건데 우리 같은 사람들은 길이 없어요."

"그래도 길을 찾아야지요. 그게 사람 도리고 본능이니까."

봄이 겨울을 밀어내는 2월, 강 전도사는 졸업식을 마치고 생활고에 몰려 초락도로 길을 나섰다. 초락도 섬사람들은 하루 종일 웃고 다닌단다. 빙글빙글 춤을 추고 다닌단다. 불로 불로 성령 충만 뒤로 넘어간단다. 할렐루야 할렐루야 배고픈 입을 해결한단다. 강 전도사는 그곳에서 몸이 쉰단다. 한국교회는 겨울잠을 잔단다.

세 번째 이야기
—
다시 찾아오는 봄

한 잎의 봄

벚꽃이 파르르 꽃잎을 떨며
봄바람 따라 날아간다
그대의 어깨 위로
흰 꽃이 사뿐 내려앉는다
햇살은 분홍 치맛자락을 따라가고
그대가 혼자 앉은 꽃그늘은 환한 봄
왼쪽 손등에 내리는
꽃잎을
오른쪽 손바닥에 올려놓고
꽃잎의 꽃잎처럼 미소 짓는
한 잎의 봄

16. 밥 먹고 가세요

　봄은 앞산을 넘어와 신학교 운동장 끝에 내리고, 동네 아이들이 주말마다 공을 차며 뛰어논다. 바람 빠진 축구공이 굴러가는 곳에 개나리꽃들이 기를 쓰고 우리 세상으로 온다. 개나리꽃도 노랗게 물들일 하늘을 가지는가. 개나리를 보며 집을 짓고 싶다던 김용택 시인의 시린 마음을 더듬는다. 아이들이 돌아가는 운동장에 그늘이 찾아들고, 풀 죽은 공이 혼자 버려진다.
　"하루야, 공 안 가주가나?"
　"예, 내일 또 올 건데요. 뭘."
　"그래도 이늠아, 가주가."
　축구공 아래쪽을 힘껏 차올린다. 공은 하루를 지나 본관으로 올라가는 관중석 계단을 넘어 회백색 바위 앞에 떨어진다.

"아이, 아저씨 일부로 그랬죠?"

"저게 왜 절로 가노? 가주가레이."

"우리 내일은 족구해요?"

"저래 갖고 되겠나? 겨우 굴러가는 구마. 팔팔오토바이 1단보다 더 느리다이."

"걱정 마세요. 혁기가 새 공 사 와요."

"아저씨 낼 역시 바쁜데 오늘맨치 오므는 놀아 주께."

하루는 아이들이 몰려간 교문 쪽으로 뛰어간다. 바람 빠진 공은 내 차지다. 뽀얀 회백색 바위에 새긴 다섯 글자는 반짝거리며 석양을 바라보고 신학교에는 아무도 없다. 우리 몰래 세상에 오는 개나리꽃은 하늘을 밀어 올려 기어이 노란 집을 짓는다. 석양이 지나간 하늘로 공을 차올린다. 공이 운동장을 가로질러 허공에 빗금을 긋고 기숙사 앞에 툭 멈춘다.

새 학기를 며칠 앞두고 방을 옮겼다. 전입신고 주소는 경북 경산시 진량읍 봉회리 117번지 영남신학대학교 남자 생활관 2동 204호다. 쿵쿵쿵, 천리반점 사장의 발소리가 텅 빈 복도를 울린다.

"오늘도 짜장 하나 맞지예? 전도사님은 짜장면에 한 맺혔습니꺼?"

"맛있어서 그라지요. 이 짜장면을 누가 갖고 온지 아시니껴?"

"뽑을지나 알지 그런 걸 우에 아는겨?"

"우리 종친 우회광 어른이시더. 일제강점기 직전에 국수에 춘장 부어 갖고 서민 음식을 널리 보급하셨니더. 어에 보믄 사장님도 그 어른 후에 아이십니까?"

"그런겨. 다 잡수먼 그릇 갖고 가야겠다."

땅땅한 사장은 한쪽에 철가방을 밀어놓고 운동화를 신은 채로 방바닥에 엉덩이를 척 붙인다.

"들어오시소. 자리도 많은데 거 앉으시니껴?"

"언지예. 토요일인데 혼자 계시는겨?"

"예, 살다 보이 그레 됐니더. 요새는 사장님이 직접 배달하시니껴?"

"말도 마이소. 배달 아가 삼거리서 오토바이를 처박아가 일손이 없는 기라요. 서울서 반점 하다가 쫄땅 망해가 월세도 몬 내고 내려왔십니다. 이레 되이 독고다이지 벨수 있는겨."

검은 입을 벌리고 달려오는 현실의 힘에 밀려 생의 끝으로 몰린 사람은 짜장면의 시조 따위는 하나도 중요하지 않다. 자책의 짜장면을 후루룩 먹어치운다. 사장은 쿵쿵거리며 뛰어가고, 혼자 찬송을 부르는 주일이 지나간다. 새 학기를 맞은 신학생들은 항구를 찾아 들어오는 배처럼 신학교로 꾸역꾸역 모여든다. 귓전에 강 전도사의 말이 맴돈다.

"이 사람들이 신학교에서 하는 행동을 보면 어디 가서

사역이라도 제대로 하겠나 싶은데 교회 가면 또 전도사같이 해요."

인상 좋은 남자가 두꺼운 안경을 쓰고 삐죽 방문을 여는 꿈을 꾼다. 사람은 가도 그리움은 남는가. 창문 너머 나무들은 한 자리에서 평생을 살아간다. 땅 한 평 가지지 못한 인생들은 어느 구름 아래서 잠드는가? 하늘로 높이 올라갈수록 땅으로 깊이 내려가는 나무를 닮고 싶다. 내일은 꺾여도 오늘은 푸르른 나무이고 싶다.

204호는 성령 충만한 방이다. 사람은 죽고 예수가 사는 방, 더 이상 찜닭을 주문하지 않는 방, 야동이 없는 방, 달래가 없는 방, 105호가 못내 그리운 방이다. 신학이 가슴을 울리지 못하는 날, 강의실을 나와 천리반점 빨간 오토바이가 지나간 남쪽으로 무작정 걸었다. 목련이 지고 벚꽃이 피는 봄길이다. 길 위에서 길을 잃어도 좋은 길, 한 시간을 걸어도 새로운 길이 나오는 길, 쿵짝쿵짝 멀리서 익숙한 가락이 들린다. 걸음을 옮길수록 선명한 복음성가, '성령의 불 임하소서. 성령의 불 임하소서. 죄악 세상 태우소서. 욕망의 정욕 태우소서. 불로 불로 하늘의 길 여소서. 목마른 영혼 주를 앙망하오니.' 십자가 첨탑도 없는 상가 2층 교회당에서 부흥회를 여는 모양이다. 노동자가 1층 벽 앞에 쪼그리고 앉아 쇠붙이를 납땜질한다. 쿵짝쿵짝 교회당을 한 번 올려다보고, 지익지익 노동자를 한 번 내려다보고, 다시 교회당을 올려다본다. 불꽃 땀방울을 흘리는 노동자는 교회를 어떤 눈으로 볼까? 불교의 돈오처럼 일순간 객관의 눈이 열리자 교회가 낯선 사람처럼 생경하다. 봉회리로 되돌아와 쓰레기통에 안경을 버렸다.

교정시력이 나오지 않는 눈을 뜨고 미용실 문을 열었다.

"손님이 한 명도 없니더. 한산하이."

"왔어요. 요새 장사 안 된다. 안경은 어데 가뿟노? 또 똑같이 쳐요?"

"삭발해 주이소."

"신학생이 뭐락카노? 산으로 갈락카나? 아따, 벨일이데이."

"시원하그러 싹 밀어주소."

"이 잘난 얼굴에 스크래치 갈끄러."

"아지매 애인도 아인데 어때요."

"진짜 미남은 삭발이지. 11미리캉 1미리캉 있다."

"1미리로 싹 밀어주소."

76킬로그램 건장한 빡빡머리 남자가 거울 속에서 하얗게 웃는다. 미용의자에 누워 머리를 감기는 아주머니를 보면 낯부끄럽다. 직접 머리를 감았다. 신호등이 없는 삼주 건널목을 건너가는 길, 흰색 승용차가 슬금슬금 멈춘다.

봉회리 아이들과 축구하는 주일이 지나가고, 지나가고,

또 지나간다. 수요일 새벽 5시 30분 기숙사에 고출력 스피커가 울리고 복도에 전등이 켜진다. 204호 신학생들은 새벽기도를 나가고 장휘가 의자에 앉는다.

"형님, 새벽기도 안 갈랍니까?"

"오늘은 피곤타. 늦겠다. 고마 가라."

장휘가 나가자마자 어떤 형체가 방으로 들어와 침대 앞에 선다.

"현준아, 니가 누운 자리는 더러운 곳이다."

남자도 여자도 아닌 존재가 우웩 토하는 흉내를 내고 방문을 열지 않고 슥 나간다. 누가 천사를 만나면 황홀하다고 했는가? 옷깃은 사시나무다. 옷을 갈아입지도 않고 방을 뛰어나갔다.

외딴 나무는 숲을 이루지 못한다. 하늘에 새들도 둥지로 돌아가지 않는가. 교회로 가자. 정체성을 찾아 교회로 가자. 귀소의 새를 따라 영혼의 집으로 가자. 우리 사는 세상에 아카시아 꽃향기 날리는 오월이 오고, 모자도 없는 빡빡머리 그림자는 교회당으로 간다. 샘물교회 상가 계단에 첫발을 올려놓는 순간, 누군가 머리카락 없는 뒤통수를 잡아당기는 느낌이 든다. 돌아보면 아무도 없다. 삼거리 쪽으로 돌아 니와 삼주아파트로 가는 언덕길을 올랐다. 김밥집 모퉁이를 돌아 골목길로 들어섰다. 길 끝에서 사랑교회 간판이 달려온다. 첨탑에 걸린 십자가가 증조할머니처럼 등을 쓸어내리는 봄날, 눈물에 상아색 교회당이 젖는다.

　산적처럼 생긴 목사가 설교하고 예배를 마친다. 말끔하게 차려입은 교인들이 웅성거리며 일어서고 아이들은 떠들며 뛰어다닌다. 검정색 티셔츠를 입은 아가씨가 왼쪽 장의자 끝으로 다가온다. 일순간, 여자의 머리 위로 하늘빛 하나 켜진다. 놀란 금색 바늘이 숨을 멈춘다. 하얀 얼굴, 가는 어깨로 흘러내리는 긴 머리, 반듯한 이마, 진한 눈썹, 맑은 눈, 햇살도 걸릴 속눈썹, 오뚝한 콧선, 다문 입술 사이로 무슨 말이 나온다.

　"밥 먹구 가세요."

17. 교회 마당에 봄은 내리고

똑, 딱, 똑, 딱, 똑, 딱, 시간은 바람 빠진 공처럼 겨우겨우 굴러간다.

"밥 먹구 가시라구요."

"밥은, 저짝 김밥집에서 먹거든요."

맨 뒷자리에서 일어나 문으로 나가는 걸음이 천리만리 느릿느릿 달팽이 걸음이다. 눈도 귀도 등 뒤에 긴 머리 하얀 여인에게 두고 천근만근 무거운 걸음을 뗀다. 밥 먹고 가라고 한 번 더 물어보면 좋겠다. 밥 먹고 가라고 한 번 더 잡아주면 좋겠다. 신발장 한쪽에 밀어 놓은 신발이 보이지 않는다. 누가 신발을 훔쳐 갔으면 좋겠다. 김밥집에서 밥을 먹는다는 바보 같은 소리를 왜 했을까. 오늘은 혼밥이 싫다. 봄이 교회당 열린 문으로 들어와 긴 머리 하얀 여인의 나비 같은 목소리에 해죽 웃는다.

"오늘 김밥집 문 닫았어요."

돌아보면 긴 머리 하얀 여인이 장의자 옆에 서서 생긋 웃는다. 그녀는 달라붙은 풀씨처럼 마주친 눈을 떼지 않고 생글생글 웃으며 걸어온다. 째깍째깍 금색 바늘이 12시에 붙고, 지하철 선로에 떨어진 남자가 꿈틀꿈틀 일어난다. 뽀글이 파마한 할머니가 휴가 나온 손주를 대하듯 묻는다.

"축구선수인가 베? 몸 좋다."

다섯 살로 보이는 아이가 해맑은 얼굴로 뛰어온다.

"형아 진짜 축구선수야?"

그녀는 귀 뒤로 머리카락을 쓸어 올리며 파란 옷을 입은 아이의 손을 잡은 채로 들으라는 듯 말을 건넨다.

"이 형아 축구선수인가 보다. 그치?"

"축구, 아, 예, 옷이 축구복 같네요. 머리도 일코, 저는 저짜 신학생입니다."

긴 머리 하얀 여인은 검은 속눈썹에 호기심을 얹고 반짝거리는 눈으로 빡빡머리를 한 번 올려다본다. 왼쪽 주방에서 점심을 차리는 젊은 집사들의 손이 분주하다. 오늘은 결코 혼밥을 먹지 않으리라. 지금 김밥집 문이 굳게 닫혔다지 않느냐. 저 하얀 여인이 옷깃을 계속 붙잡지 않느냐.

"밥은 어데서 먹습니까? 배고프구마."

그녀의 속눈썹이 눈동자를 반쯤 가리자 꽃잎 같은 분홍 입술이 피어나고 가지런한 치아가 드러난다.

"청년대학부실은 이쪽이거든요."

긴 머리 하얀 여인을 따라 들어간 방에 시커먼 남자들이 우굴우굴 앉았고, 노란 여자들이 우르르 뒤따라 들어온다. 남자 여섯, 여자 일곱이다. 청년 하나가 기타를 삐딱하게 잡은 채로 F코드를 연습하고, 아무도 인사하는 사람이 없다. 약속처럼 남자들은 밥상을 펴고, 여자들은 밥과 반찬이 담긴 큰 접시를 나른다. 정장을 입은 호리호리한 남자가 방으로 들어와 컴퓨터를 켠다. 이방인처럼 구석에 앉아 방을 둘러보면 색이 바랜 상앗빛 벽이 먼저 들어온다. 천장에 달린 십자 전등, 한쪽 모서리가 까맣게 변색된 납작한 모니터, 갈색 책상, 은회색 철재 사물함, 봄날 같은 청년들, 낯선 장면들이 자석처럼 마음을 끌어당긴다. 이곳에 머물자. 이곳에 머물러 지친 영혼을 쉬게 하자. 전도사도 아픈 상처도 버리고 청년으로 돌아가자. 밥이 달다.

밥을 먹고 네댓 살 된 아이들과 놀고, 오월이 내린 교회 마당으로 나왔다. 지금은 집으로 돌아갈 시간, 아무도 없는 집으로 돌아가 204호 방문을 열고 뒷산 나무들을 바라볼 시간, 골목길에 빡빡머리 그림자가 눕는다. 가로수를 오르는 연초록 잎들도 외로운 시간이다.

"저기요."

바지 주머니에 손을 찔러 넣고 집으로 가는 걸음을 누군가 붙잡는다. 그리운 연인을 돌아보듯 뒤를 돌아보면 긴 머리 하얀 여인이 막 신발을 신고 교회당을 뛰어나온다.
"아이들하고 잘 놀아 주시네요."
"놀아 주는 기 아이고 같이 노는 기지요."
"윤아예요. 임윤아."
"이름도 이쁘시네요. 우현준입니다. 다음 주일에 봅시다."
윤아는 바지 주머니에 손을 찔러 넣은 채로 돌아서는 그림자를 한마디 말로 다시 돌려세운다.
"주말에 뭐하세요?"
"축구합니다. 봉회 마을 아들하고. 제가 축구선수 아닙니까. 봉회리 우날두."
장난기를 머금고 너스레를 놓자 연둣빛 이파리 같은 윤아가 하얗게 웃는다. 시간이 쌓인 상앗빛 교회당도 낄낄 먼지를 털어낸다.
"여 교회 댕길라고요. 신학생이 마땅히 갈 데도 없고. 다음 주일에 올게요."
윤아는 목청을 틀릴 듯 말 듯 가다듬으며 가로수를 보고 입을 연다.
"그날 점심 같이 먹자구요."
바지 주머니에 손을 찔러 넣은 빡빡머리 남자 그림자와 치마를 입은 긴 머리 여자 그림자가 마주 서서 속닥속닥 무슨 이야기를 나눈다. 여자 그림자는 들꽃처럼 하늘하늘 피어나고, 남자 그림자는 나무처럼 우뚝 서서 공연히 발로 흙을 쓸어내고 길을 나선다.

어둠은 뒷산을 넘어와 길을 지우고 회백색 바위를 지우고 먼 산을 지운다. 기숙사가 검은 시간에 덮인다. 아무도 없는 복도를 걸어가면 고향집이 그립고 못밥을 이고 논둑길을 걸어오는 어머니가 보고 싶다. 하나, 둘, 셋, 열네 걸음을 걸으면 오른쪽 네 번째 방이 204호다. 문고리에 까슬까슬한 줄이 잡힌다. 옆 방문을 잘못 여는 바람에 구약성서의 라합처럼 문고리에 빨간 줄을 묶어 놨다. 태양은 다시 뒷산을 넘어와 마법처럼 먼 산을 세우고, 회백색 바위에 다섯 글자를 새기고, 길들을 그린다. 본관을 보면 옆 건물이 잘리고, 옆 건물을 보면 본관이 잘린다. 시야 협착이 급격히 진행됐다. 눈 옆에 양손을 대면 손이 보이지 않는다. 시야는 180도에서 90도로 좁아졌다. 840번 버스를 탔다. 자동차가 늘비한 경산에 내려 안과 문을 열었다. 의사는 아무 근심도 없는 낯빛으로 검사 결과를 말한다.

"어두운 데서 활동하는 간상세포가 없어. 밤에 안 보이죠?"

"예."

"수변 세포도 많이 침착됐고 순간적으로 여자만 보일만 하네."

"망막세포가 얼마나 남았습니까?"

"사진 상으로는 60프로. 터널에 들어가면 밖이 안 보인다고 터널시야로 부르는데 자꾸 좁아져서 문제야. 처음에는 환자가 잘 못 느낍니다. 어느 날 갑자기 아는 경우도 많고. 망막색소변성증은 진행성이라서 언젠가는 실명할 가능성이 큽니다."

"신학 마칠 때까진 봐야 하는데 아직 한참 남았거든요."

"예측은 뭣하고 90도 정도면 낮에는 별로 지장이 없을 겁니다."

"유전이 될 수도 있다고 들었거든요."

"조합이 많기 때문에 정확히 알려면 유전자 검사인데 책을 덜 봐요. 시간을 아껴야지."

언젠가는 실명한다는 그날이 언제인가? 정밀 검사는 동공을 키우는 안약을 넣어 3시간 정도 눈이 부시다. 병원 한쪽에서 저녁을 기다렸다. 망막세포가 절반 남은 눈을 뜨고 신학교로 돌아왔다. 지하철 선로에 떨어진 남자는 일어날 힘이 없다. 꽃자리마다 연초록 잎들이 피어나 하늘로 높아 가고, 아카시아 꽃향기는 봄 산을 하얗게 넘어온다. 지금쯤 고향 마을에는 농부들이 연녹색 수박 모종을 다 심고, 파란 모들이 자라리라. 땅을 하늘로 여기는 아버지 어머니가 보고 싶다.

봄길

풀잎 젖은 새벽길 지나
어제 드린 기도 오늘도 드리고

새들이 짝지어 날아가는 하늘로
장미꽃 길을 내어가는
봄길 걸어

새벽을 하얗게 넘어오는 꽃향기같이
그대에게 갑니다

겨울나무 아래 무릎 꿇고 울던 자리에
풀잎 돋는 봄길 걸어
그대에게 갑니다

연둣빛 이파리같이 손짓하는 그대에게
아침을 끌어안는 새벽같이 갑니다
풀잎 젖은 새벽길 걸어

18. 너에게 가는 길

 연초록 잎들이 하늘로 길을 내어가는 오월, 여름은 앞산을 넘어오고 봄은 뒷산을 서둘러 넘어간다. 아카시아 꽃향기는 봄을 따라가고 길가에 꽃들은 어둠을 뚫고 일어난다. 봉회 마을 호두나무 집 담 너머 초록빛 화단에 손톱 만한 장미 꽃봉오리가 세상에 태어난다. 고향집 뒤뜰에 고무 호스로 물을 주는 어머니의 뒷모습이 아른거린다. 머리가 희끗한 아주머니가 마당으로 나온다.
 "학생 또 보네."
 "안녕하세요? 장미꽃이 쨰매나게 봉오리가 올라와서요."
 "이쁘제? 누구 닮아서 이레 이쁘노? 좋은 시절이다."
 "아주머니 닮았어요."
 "다 늙어빠진 기 어대. 싱싱한 학생 닮았다. 들어와서

봐도 되는데?"

"오후 수업 시간 다 됐어요. 장미꽃 피면 보러 올게요."

금색 바늘이 1시를 떠나 2시로 옮겨간다. 5교시는 교회사 수업, 정신을 차리지 않으면 한 시간에 백 년씩 넘어가는 역사를 놓친다. 정효가 도서관 쪽에서 세상 근심 없는 얼굴로 나플나플 달려온다.

"오빠, 어디 갔다 와?"

"종대 자취방서 밥 먹고 오는데 왜 보고하까?"

"나랑 같이 하양 가자. 여름 이불 사야 해서."

"하나님이 여름 이불 안 주시드나? 내는 받았는데 해깝하이(가벼우니) 좋더라."

"내가 기숙사까지 들고 오기 좀 그렇잖아. 같이 가 주라."

"야는 내가 그레 할 일 없어 비나? 거 느끼남 데꼬 가라. 짐꾼으로 딱이다."

정효는 본관으로 돌아서는 걸음에 서운한 목소리를 던진다.

"수업 가나 봐?"

"학교 종이 땡땡땡. 교수님이 우리를 기다리신다. 하마 쪼매 늦었다."

"오빠는 가는 이 봄이 안 아깝냐?"

"정효는 가는 등록금이 안 아깝나?"

정효는 계단을 오르는 내 등에 지워지지 않는 명언을 쓴다.

"지금 이 봄은 한 번밖에 없어."

꽃을 보듯 돌아보면 정효의 분홍 치맛자락에 반짝이는 봄이 있다.

"니 그른 말도 할 줄 아나? 네 시 이십 분, 여서 만나자. 그때 수업 마친다."

지각이다. 어차피 늦은 시간, 301호 강의실 앞문을 천천한 걸음으로 지나간다. 정성한 교수가 강단에 서서 빡빡머리 제자를 향해 승려처럼 합장한다. 나는 동자승처럼 스승을 향해 합장으로 예를 갖춘다. 신학생들이 껄껄껄 웃는다. 복도를 지나 뒷문으로 들어오면 정 교수가 이를 드러낸다.

"현준아, 시원하지?"

"예, 엉가이 시원합니다."

"축제 때 니가 대강당 의자에 앉아 있는데 뒤에서 보면 빡빡머리만 보이는 거야. 스님이 우리 학교 축제에 오셨는지 알았다."

신학생들이 또 껄껄껄 웃는다.

금색 바늘이 4시 20분을 가리키고 정효는 캔커피를 들고 기다린다.

"자, 오빠는 밍밍한 네쓰비, 난 진한 아메리카노."

"이를 때 보믄 엉가이 세심테이."

빈자리가 하나도 없는 890번 버스에 올랐다. 차창 너머로 올목졸목 모인 집들이 지나가고 멀리 포도밭이 지나가고 파란 논이 지나간다. 지나가지 않는 아픔은 고인 물처럼 흘러가지 않는다.

"오빠, 이번 주말에 대구 동성로에 가자. 김광석 거리도 걷고."

"우리 이레 붙어 다니니께네 아들이 연애하는지 알드라."

"부러워서 그러는 거지. 신경 쓰지 마."

"내는 괜찮은데 니는 혼삿길 막힌데이. 오빠는 다 좋은데 눈이 그렇잖아."

"난 다 좋은데 여성미가 없고?"

"잘 아네. 철딱서니도 없제."

사람들로 분비는 하양에 내려 바지 주머니에 손을 찔러 넣고 걸었다. 정효는 폴짝폴짝 옷가게로 들어간다.

"왜 거 들어가노? 이불 산다매?"

"바보같이 여름 이불을 벌써 사냐?"

사람마다 어울리는 색깔이 있다. 정효의 색깔은 아이보리다. 지하철 선로에 떨어진 남자는 아직도 아이보리 티셔츠를 입고 뛰어와 손을 잡던 한 여자를 잊지 못한다. 탈의실을 나오는 정효 얼굴이 봄날이다. 떡볶이를 먹고 학교로 돌아오는 길, 느끼남이 주차장 한쪽에서 느끼하게 노려본다.

장작불에 부채질하면 불이 활활 탄다.

"우리 정효, 오늘따라 더 예쁘더라. 무거우면 대신 들어 줄까? 오빠가 밤에 전화할게. 낼 거기서 보자."

정효가 눈을 크게 뜨고 개미 기어가는 소리를 낸다.

"오빠는 저 사람 어쩌려고 그래?"

어둠은 다시 뒷산을 넘어와 길들을 지우고 운동장을 지우고 하루를 지운다. 밤을 버리고 아침을 얻는 새벽길을 걸어 대강당으로 간다. 8년 동안 매일 똑같은 기도를 올린다.

"내 속에 계시는 하나님을 보는 여자, 눈보다 마음을 보는 여자, 영혼과 바꿔도 아깝지 않은 여자를 만나게 하옵소서…"

캄캄한 진단을 내리던 의사의 가벼운 말이 생각나 마음이 무겁다. 기도는 무슨 힘을 가졌는가? 하나님은 어디에 계시는가? 겨우내 장미나무 검은 가지가 장미꽃을 품듯 내 안에 꺼지지 않는 등불 하나 품었는가? 햇살은 아침을 품고 동쪽 숲은 품었던 새들을 포르르 하늘로 날려 보낸다. 밤낮 기도하는 어머니가 그리운 시간, 사람의 힘이 닿지 않는 곳에 꽃은 피어나리라.

동생 민세와 먹는 늦은 점심, 느끼남이 성난 황소처럼 씩씩대며 걸이와 앞에 앉는다.

"니 이름 현준이지?"

"아무나 막 부르는 현준이는 아니고 귀하신 우현준 전

도사님일 걸요."

"이 새끼가, 지금부터 민세한테 존댓말 써."

"야는 내 동생인데 왜요?"

"민세가 학번이 더 빠르잖아."

"그레믄 우리 아부지가 내년에 입학하시믄 내한테 존댓말 쓰시겠네. 아저씨 논리가 그렇잖아. 이게 말이야, 소야?"

"이 새끼가 진짜 도저히 안 되겠네."

"민세 전도사님 식사 다 하셨으면 먼저 일어나세요. 자리가 험합니다. 이러라고?"

느끼남은 역도선수처럼 의자를 번쩍 집어 들고 금방이라도 내리칠 기세다.

"하나님한테 갈 것도 없이 정효한테 일러 준다. 어, 저기 정효다."

휴대폰을 들고 식당 입구 쪽을 가리키자, 느끼남은 놀란 얼굴로 돌아보고 민세는 바위처럼 앉아 밥을 먹는다.

"질투의 화신 맞네. 통화 버튼 누르면 정효한테 직통이제. 가가 이런 예쁜 모습 알까 몰라."

느끼남은 의자를 내려놓고 슬그머니 앉는다.

"금방 내려놓을 의자는 왜 드노? 팔 아프그러."

"그럼 내 앞에서는 존댓말 써라."

"잘 들어. 내가 고등부 대표 복서였거든. 권투 모르제? 지금도 링에 올라가믄 아저씨는 5초도 못 버티."

"니 계속 아저씨라고 부를 거야? 이제 서른 넘었구만."

"아저씨를 아저씨라고 부르지. 그 배 좀 집어넣으소. 내는 정효 안 좋아해. 정효는 아저씨 안 좋아하고. 아저씨와 내 사이는 노 프라블럼."

"좋아하지도 않는데 맨날 왜 붙어다녀?"

"일주일에 한 번, 정효가 나긋나긋, 말랑말랑해지는 시간을 알고 있는데 그때 전화하면 그냥 막 전화기에서 샬랄라 꽃비가 내리지러. 혼자 알기 아깝네."

느끼남은 번개처럼 눈을 번뜩인다.

"그게 언제인데? 말해 봐? 거짓말 아니지?"

"찍찍 반말 지꺼리, 못 가르쳐 주지러. 민세야, 고마 가자."

부욱, 의자를 밀며 일어서자 느끼남이 애절한 눈빛으로 묻는다.

"진짜 언제 전화하면 되나요? 알려 주세요."

"금요일 밤 12시 정각에 전화해 보소. 딱 12시, 시간 엄수하고."

정효는 10시면 잠든다. 느끼남은 진담과 농담을 구분하지 못하는 사람이다.

신학교에 고요기 밀러드는 토요일, 윤아 얼굴을 떠올리며 점심 약속을 생각한다. 금색 바늘이 1시에 닿고, 여름이 내리는 봄길을 걸어 삼주아파트 광장으로 간다. 길가 고추밭에 파란 아기 고추가 바람에 흔들리고, 나무들은 꽃자리에 피어난 초록빛 잎들을 밀어 올린다. 봄이 여름을 부르는 삼거리 꽃집을 지나 언덕길을 올라 식당 문을 열면 연둣빛 이파리 같은 윤아가 눈빛을 반짝인다.

"봉회리 우날두 오셨네요."

"배고프네. 내는 된장찌개, 윤아는 아침 이슬 먹고살제?"

"오므라이스 먹을게요."

음식을 주문하고 어색한 침묵이 식탁에 내려앉아 꼬물거린다.

"오빠, 운동하시나 봐요?"

"어, 기숙사 헬스장서. 한 5년 됐제."

"신학교에 헬스장이 다 있구나."

"왜 따로 밥을 먹자고 했노? 교회도 밥 주는데."

윤아는 속눈썹을 깜빡거리며 호기심 가득한 눈으로 빡빡머리를 한 번 쳐다본다.

"제가 청년부 회장이잖아요. 모임 잘하자구요. 아이들도 잘 돌보셔서…"

"윤아야, 내는 눈이 멀어가는 사람이다."

19. 나의 길 나의 운명

똑, 딱, 똑, 딱, 똑, 딱, 시간은 다시 바람 빠진 공처럼 겨우겨우 굴러간다. 윤아는 의아한 표정으로 머루처럼 까만 눈을 깜빡인다.

"내 눈이 조금씩 멀어간다고."

"그게 무슨 말이에요? 눈이 왜…?"

"청년부 회장하믄 다 이레 따로 밥을 먹나?"

"아니요. 오빠가 아이들하고 잘 놀아 주시고, 신학생이 왜 여기 왔나 싶어서요?"

"그거사 갈 데가 없으니께네. 사역지를 잃었거든. 내가 애들을 왜 좋아하는동 아나?"

"뭐, 순수하고 귀엽잖아요."

"애들은 가면이 없어. 회장님이 빡빡머리 우날두한테 호감이 생기나 보제?"

미간을 찌푸리는 윤아 얼굴이 얼음장같이 차가워진다. 아주머니가 윤아 앞에 뜨끈한 된장찌개를 놓는다.

"오늘은 된장찌개를 일로 놓으시소. 이쁜 아가씨가 오므라이스를 드시니더."

아주머니가 슬쩍 쳐다본다.

"찌개를 학생이 먹는다고?"

"왜요?"

"3개월 동안 줄창 오므라이스만 먹길래 뭔 사연이 있나 했지."

"사연은 무슨, 맛있어서 먹었제요. 제가 음식 지겨운 걸 모릅니다. 다 어버이 은혜시더."

윤아는 눈부신 봄꽃으로 피어나는 사람이고, 나는 세포가 시들어 머지않아 실명할 사람이다. 지하철 선로에 떨어지고 여자의 눈빛을 보는 눈이 생겼다. 교회 마당에서 윤아의 깨끗한 눈빛에 비친 남자를 봤다. 여기서 물러나는 편이 좋다. 저 맑은 호기심 끝에 긴 속눈썹이 눈물로 젖기 전에 일어서는 편이 좋다. 지하철 선로에 또 떨어지기 싫다. 고향 마을에 일찍이 성당이 들어왔다면 얼마나 좋을까. '사진상으로는 60프로, 사진상으로는 60프로.' 의사 말이 환청같이 맴돈다. 식당을 나와 새침한 낯빛으로 돌아서는 윤아를 불러 세웠다.

"내가 병명도 말 안 했네. 망막색소변성증, 의사들이 실명한다고 그러더라."

윤아는 돌아서서 광장을 지나 삼주아파트 쪽으로 걸어간다. 교회 마당에서 연둣빛 이파리 같은 윤아와 나눈 대화를 떠올린다. 윤아는 좋은 대학을 나와 교사 임용고시를 준비하는 아가씨다. 사람은 길 위에서 서로 다른 길을 걷는 존재다.

멀어가는 시력처럼 오월의 봄이 한걸음 더 물러나고, 빡빡머리 그림자가 고개를 떨구고 걷는다. 머리가 희끗한 옹기장수 할아버지가 오늘도 건물 사이 언덕길 공터에 쭈그리고 앉아 옹기를 판다.

"여는 하마 해걸음 하네요."
"시원해서 좋다. 밥 먹고 오나?"
"예, 갈게요."
"좀 놀다 가."
"내일 또 올게요."

삼거리 꽃집을 지나 봉회리 미로 같은 골목길을 걸어 204호로 돌아왔다. 태양은 또 뒷산을 넘어와 먼 산을 세우고, 회백색 바위에 다섯 글자를 새기고, 하나둘 길들을 그린다. 빛이 그리는 색채는 찬란하다. 밤에는 하나도 보이지 않고 낮에는 거짓말처럼 보이는 외로운 세상이다. 언덕길을 올라 사랑교회 마당에 들어섰다. 예배당 열린 문 너머로 윤아가 보인다. 마주친 눈이 살얼음 어는 겨울강이다. 윤아가 청년부실로 밥상만한 쟁반을 들고 낑낑대며 들어와 밥과 반찬이 담긴 접시를 일일이 배분한다. 내 앞에서 접시가 똑 끊어진다.

"내는 밥 안 주나?"

"오빠 꺼는 없어요."

"언제는 밥 먹고 가라매?"

"부엌에 가보시던가."

교회당에 찬밥처럼 앉아 점심밥을 먹고 윤아의 눈총을 피해 집으로 왔다.

높은 지대에 자리한 도서관 앞에서 기둥에 기대 밍밍한 캔커피를 마시며, 노을이 걸린 먼 산을 바라보는 시간은 달콤하다. 아이보리 티셔츠를 입은 정효가 고무줄을 넘는 아이처럼 팔짝팔짝 뛰어온다.

"저 팔공산에 뭐 있나 봐?"

"그리움이 있다. 저 산 너머에 고향집이 있거든. 주말이면 아부지 엄마하고 둘러앉아서 밥 먹고 농사짓고 저녁마다 군불도 지피제. 지금도 가고 싶은 내 고향이 저 산 너머에 있다."

"저 산 너머에는 대구가 있는데 오빠 고향은 영주잖아."

"에이, 진짜. 니는 은유도 모르나. 저 산 너머 너머 너머 그 너머."

무심코 내려다본 정효의 앞가슴이 볼록하다. 정효가 핼

끔 눈을 흘긴다.

"오빠 지금 어디 봤어?"

"아니, 오해다. 눈이 왜 글로 가노."

"마음보다 몸이 더 외로운 거 아니야?"

"어허이, 아가씨가 못하는 소리가 없노."

선글라스를 쓴 시각장애인이 자동차 보조석에서 내려 활동보조인도 없이 혼자 흰지팡이를 짚고 눈이 보이는 사람처럼 성큼성큼 걸어 기숙사로 들어간다. 눈으로 그를 쫓으며 나도 몰래 정효의 볼록한 앞가슴에 캔커피를 닿일 듯 내밀었다.

"받아라."

계단 11개를 훌쩍 뛰어내렸다.

"오빠 어디가?"

"외로움을 만나러."

날아가는 듯 달려 기숙사 문을 열었다. 한눈에 들어오는 긴 복도를 좌우로 살펴도 그는 없다. 시간과 거리를 계산하면 출입문에서 가까운 방으로 들어갔거나 2층으로 올라갔다. 계단을 뛰어올라가도 그는 없다. 분명 계단 근처 네 개의 방 중에 하나다. 4동을 선택하고 첫 번째 방문을 두드리자 낯익은 신학생이 문을 연다. 갈색 신발장에 놓인 흰지팡이가 보인다. 동그란 선글라스를 쓴 그가 왼쪽 침대에 앉아 있다.

"안녕하세요? 신학과 우현준입니다. 시각장애인이신가 봐요."

"무슨 일로 오셨습니까?"

"저도 시각장애인인데 도서관 앞에 서 있다가 기숙사로 들어가시는 걸 보고 뛰어왔어요."

"시각장애인이시라면서요? 시력이 얼마나 되는데요?"

"0.2요."

그는 벽에 몸을 기댄다.

"시각장애인 등록이 됩니까?"

"예, 재학생이세요?"

"옛날에 다니다가 말았는데 잠깐 왔어요. 도서관에서 저를 봤으면 시각장애인이 아니지."

시력이 서서히 멀어가는 희귀질환 망막색소변성증, 천형 같은 진단을 받으면 장애인과 비장애인의 경계에 선다. 장애인에게 가면 저쪽을 가리키고, 비장애인에게 가면 다시 저쪽을 가리킨다. 갈 곳 없는 박쥐처럼 외로운 자리에 오래 머물다, 장애인과 비장애인의 경계를 떠나 어둠으로 조금씩 옮겨간다. 한 걸음 옮기면 두 걸음, 세 걸음의 아픔이 밀려온다. 나의 길이며 운명이다.

20. 인생 그래프

　도서관 뒷길을 지나 숲으로 가면 나뭇가지 끝에 태양이 걸려 참나무 잎들이 은빛으로 반짝거리고, 아침 이슬에 옷깃이 젖는다. 눈을 마주친 다람쥐는 가지에서 가지로 폴짝 뛰어 소나무 뒤로 숨고, 솔바람은 하늘을 어루만진다. 나무 아래 앉아 가만가만 나무를 보면 무수한 나뭇잎 사이로 하늘이 구름을 안고 느릿느릿 지나가고, 포르르 새들이 날아간 가지 끝에 반짝 이슬이 부서진다. 벌레들은 새들의 눈을 피해 소리 없이 움직이리라. 나무와 나무 사이, 자유와 배려의 거리를 보며 사람과 사람 사이를 생각한다. 오솔길을 걸어 숲을 내려오면 주말을 맞은 신학교는 가을걷이를 마친 들녘같이 적막강산이다.
　운동장에서 아이들과 공을 차고, 기숙사로 들어와 혼자 짜장면을 먹고, 창문 너머 어둠이 나무들을 지우는 회색빛 저녁을 일없이 본다. 나무들은 봄을 떠나 여름으로 옮겨가고 금세 창문은 캄캄하다. 책상에 앉아 연습장에 일기를 쓴다. '하나님, 내일은 윤아 때문에 사랑교회에 안 가요. 눈빛이 완전 살얼음 어는 초겨울강이에요. 밥도 안 줘요.' 빛은 색채를 그린다. 진량읍에서 제일 큰 태봉교회로 길을 잡았다. 예배당은 엄숙하다 못해 엄격하다. 말끔한 목사가 설교하고 교인들은 무표정하게 일어난다. 정장을 차려입은 장로들이 출입문에 선거운동처럼 서열을 맞춰 줄줄이 섰다. 장로들과 악수하고 쭈뼛쭈뼛 돌아봐도 밥 먹고 가라고 붙잡는 사람이 아무도 없다.

근처 공원에서 빵과 우유로 점심을 때웠다. 바지 주머니에서 휴대폰이 진동을 일으켜 허벅지가 간지럽다. 윤아 이름이 액정에 뜬다.

"어."

"오빠, 오늘 왜 교회에 안 왔어요?"

윤아 목소리가 봄날 강물을 타고 흐르는 꽃바람 같다.

"어데 좀 왔는데 왜?"

"여름방학 때 수련회 갈 거죠? 인원수 체크한다구 전화했어요."

"방학 때 농사지을 건데."

"7월 18일, 3박 4일 일정이구요, 목적지는 가까워요. 오빠는 꼭 가는 걸로 해요."

방학 때 농사짓는다는 말은 공연한 소리가 아니다. 밭에서 하루 품을 팔면 8만 원을 번다. 째깍째깍 금색 바늘은 감자가 익어가는 유월 초순을 지나가고 방학을 맞은 신학생들은 집으로 돌아간다. 봉회리 이장 집에 일터를 부탁하면 농장주가 전화한다. 경산은 주로 포도 농사를 짓는다. 포도밭에 농약을 살포하고 과실을 떠받드는 지주를 세운다. 하늘에서 학비가 떨어지면 얼마나 좋을까. 농장 소유주가 담배를 태우며 말을 건넨다.

"학생 집이 영주라 그랬나?"

"예."

"약을 잘 치네. 농사지었다는 게 빈말이 아니야. 거도 포도 농사짓나?"

"단산포도라고 아시니껴?"

"카머, 들어봤지."

"거가 포도로 유명해요. 우리 마을은 포도가 안 되고요."

"포도 딸 때 또 와라. 내일도 오고."

"수박, 고추만 따 봤지 포도는 언제 따는데요?"

아저씨가 연기를 뿜어내며 이빨 빠진 옥수수처럼 씨익 웃는다.

"8월에 딴다."

"불러주시믄 저야 감사하지요. 일요일 빼고 전화 주시

소. 어둡기 전에 가볼게요."

집으로 돌아가지 못하는 날들이 자꾸만 늘어가고 세상 천지 운전을 못하는 신학생을 전도사로 초빙하는 교회는 없다. 동기는 주유소 총잡이를 같이 하자고 붙잡지만, 시골에서 자란 나는 흙냄새 서리는 들판이 적격이다.

째깍째깍 금색 바늘은 돌고 돌고 돌아 수박을 따는 칠월 중순에 도착했다. 호리호리한 소강태 전도사가 운전석에 앉고, 빡빡머리 신학생이 옆에 앉고, 가수 노영심을 닮은 영희가 옆에 앉고, 청년들 9명이 뒷좌석에 앉았다. 12인승 회갈색 스타렉스는 수련회 장소로 출발한다. 강태 전도사는 룸미러에 비친 빡빡머리를 슬쩍 곁눈질하고, 평소 침착한 영희는 소풍 가는 아이처럼 들뜬 얼굴이다. 강태 전도사가 웃으며 묻는다.

"형제님은 주기적으로 머리를 밀어요?"

"한두 달 지나믄 머리가 기니께네 답답해요. 전도사님도 한 번 밀어 보소. 바로 댕강이다."

"신학생이 스님처럼 머리를 밀면 전도사는 못하겠네."

영희가 운전대를 잡은 강태 전도사의 손등을 살짝 친다. 분명 사랑이 묻어나는 손길이다. 영희의 달큰한 비밀을 육감으로 알아챈다. 순진한 강태 전도사는 까맣게 모르는 눈치다. 태어나 처음으로 청년부에 등록하고 수련회를 왔다. 교육관에 전자피아노와 기타가 놓였고 안쪽에 방 두 개가 있다. 개울에서 청년들과 물장난을 치고 아무 걱정도 없는 아이처럼 첨벙거리며 놀다, 산마루에 저녁 해가 걸린 시골길을 걸어 방으로 돌아왔다. 공동욕실로 강태 전도사를 따라 들어갔다. 훌러덩훌러덩 옷을 벗고 샤워기 앞에 섰다. 빡빡머리 위로 시원한 물줄기가 쏟아진다. 삐쩍 마른 강태 전도사는 돌아서서 씻는다. 강태 전도사 쪽으로 탄탄한 가슴을 내밀며 돌아섰다.

"전도사님 뭐 가립니까? 봅시다. 남자끼리."

강태 전도사는 고개만 돌려 눈을 마주치고 힐끔 아래를 본다.

"오우! 좋네요. 몸도 좋고. 저는 안 됩니다."

강태 전도사는 부끄러운 소년같이 보물을 끝까지 숨긴다.

청년들이 동그랗게 앉아 찬송을 부르고 맞은편에 앉은 윤아는 종이를 돌린다. 입을 떼는 윤아 눈이 유리구슬처럼 맑다.

"지금부터 인생 그래프를 그릴 거예요. 살아온 날들을 돌아보면서 행복했던 날, 불행했던 날을 그래프로 표시해요. 많이 행복했으면 그래프를 길게 그리고 조금 행복했으면 짧게 그려요. 불행도 마찬가지로 표시하고 그래프는 10개 안쪽으로 그리면 돼요. 그래프를 그린 다음에 돌아가면서 그래프에 대해 설명하는 거예요. 저부터 얘기할게요."

윤아는 행복 그래프가 길고 불행 그래프는 짧다. 다른 청년들도 평범한 인생 그래프다. 행불행이 들쭉날쭉 차이가 큰 29년의 시간을 마주할 자신이 없다. 용기를 내자. 짧고 담백하게 말하자. 내가 돌아보지 않으면 누가 돌아볼까. 부끄러운 인생 그래프를 앞에 세웠다.

"내 인생은 8세와 25세를 기점으로 큰 변화가 있습니다. 8세 이전에는 모든 것이 풍족한 시간이었고, 이후는 모든 것이 부족한 시간이에요. 키 크고 덩치도 큰 형이 있었어요. 형이 좋아서 어디든 따라갔어요. 형은 12세에 끔찍한 희귀질환을 앓다가 내가 따라갈 수 없는 먼 길을 떠났습니다."

울컥 눈물이 난다. 형이라는 말은 입 밖으로 내지 못하는 금지어였다. 성경을 읽다 14년 만에 타고난 기억력을 되찾는 시간은 설명할 방법이 없다. 1년 5개월 동안 투병하다 일어선 시간도 설명할 방법이 없다.

"휠체어에 앉아서 눈이 조금씩 멀어가는 희귀질환 진단을 받고 기적처럼 일어났어요. 스물다섯에 신학을 시작했는데 주경야독이 너무 힘이 들었어요. 얼마 후에 한 여자를 만나서 사랑했습니다. 그 사람도 눈이 멀어가는 아가씨인데 결국 현실의 벽을 넘지 못하고 헤어졌습니다. 작년에 서울 어느 거리에서 한 여자가 걸어오는 걸 봤어요. 그 사람이었습니다. 나도 모르게 돌아서서 걸었는데 지금 다시 그 거리에 선다면 돌아서지 않고 계속 걸어갈 겁니다."

　누가 눈물샘에서 눈물을 길어 올리는가. 눈물은 우물처럼 차올라 멈추지 않는다. 내 인생 그래프는 결코 짧지도 담백하지도 않다. 지게에 나무를 한가득 지고 골목길을 오르는 마을 어른의 뒷모습이 스쳐간다. 그래프를 까맣게 칠한 스물여덟의 시간은 다 말하지 못했다. 조카를 잃고 집을 잃고 신학교로 돌아오던 날이다. 청년들은 숙연하고 윤아는 훌쩍인다. 연두색 장판이 눈물로 일렁인다.

저 산 너머

지금쯤 고향집에 저녁연기 하얗게 피어오를까
아버지 소깝 한단 풀어 군불 지피시고
어머니 소반에 저녁밥 담으실까

귀소의 새처럼 집으로 돌아가서
은행잎 지는 마당 깨끗이 쓸고
허리 굽은 부모님과 사랑방에 둘러앉아
배춧국을 먹고 싶다
흰콩 고르며 어머니 머언 옛이야기 듣는 겨울 지나

쟁기 메고 뒷산 고추밭 다 갈고
봄바람 젖은 어깨 쓰다듬는 들판에서 들밥을 먹고 싶다
고봉밥에 달려드는 개미 풀섶으로 보내고
봄볕 등에 지고 고추밭에 고추를 심고 싶다

아 저녁이면 햇살지기 같은 집으로 돌아가고 싶다
어머니 호미 들고 감자밭 풀을 매시고
아버지 삽을 들고 수박밭 고랑 내시다가

저녁 해 눈물처럼 산마루에 걸리면
달구지 타고 재를 넘어 오시는 워낭 소리
꿈결처럼 들리는 집

그림자 흔들리는 가을이면
뒤안 감나무 감홍시 소리 방문을 뚫고
안마루 바라지문 너머로 대추나무 잎들이 노랗게 지는 집
노랗게 지는 대추 잎들이 돌담 너머로 날리고
몇 잎은 돌담 아래 컴컴한 우물 속으로 들어가는 집

지금은 지나간 계절처럼 돌아갈 수 없는 집
한 잎 나뭇잎같이 날려 날려 흙으로 돌아간 집
가만가만 돌아보면 가랑비 내리는 가을날
토란잎 우산 쓰고 팔짝팔짝 마당을 뛰어다니던
눈 내리는 뜨락에 검붉은 부지깽이로
하늘나라 떠난 형님 얼굴 누님 얼굴 그리던
뭉글뭉글 장작불 피어오르던
저 산 너머 구름 몰려가는 고향집

봄날 어머니가 못밥 이고 논둑길로 오시는
저 산 너머

/발문/
눈물과 감동의 진실되고 아름다운 이야기

시인 우현준의 이번 자전소설은 눈물 없이는 읽기 힘든 진실되고 아름다운 이야기다. 서서히 실명하여 이제는 거의 볼 수 없는 상황에서 이 소설을 탈고하였고, 나는 조금이나마 교열이라도 도움을 주고 싶어 소설을 읽게 되었다. 세 번을 읽었다. 나는 아무리 좋은 소설도 이렇게 읽어 본 적이 없다. 그러나 읽으면 읽을수록 빠져드는 묘한 매력과 감동! 나는 나도 모르게 울었고 아팠고 박수를 쳤다.

시인 우현준은 인간에 대한 더운 신뢰와 아주 작고 미미한 것이라도 고귀하고 지순하게 여기는 사랑을 가지고 있다. 듣지 못하는 규리가 불 꺼진 병실에서 토닥이며 나지막이 부르는 어머니의 찬송 소리를 꼭 들었으면 좋겠다고 기도한다. 그래서 팔 저울에 빛의 세계와 소리의 세계를 얹으면 어느 쪽으로도 기울지 않는다는 명구를 보여준다. 보지 못하지만 듣지 못하는 이의 마음을 헤아리고 있는 것이다.

영동선과 중앙선, 북영주선이 삼각형 모양으로 막힌 사글세 6만 원짜리 문간방의 삼각지의 삶은 어떤가. 네 살 은지와 여섯 살 은구, 아홉 살 윤후… 이사한 첫날부터 가스레인지에 물을 데워 아이를 씻기니 얼마나 착한 전도사인가. 형에 대한 사랑과 준서에 대한 사랑에 대해서는 눈물이 앞을 가린다.

장판 두 개가 만나는 방 중간에 바퀴 달린 행거를 놓고 이불을 얹은 애절한 사랑에서는 더 이상 무슨 말이 필요하랴. 해나를 위해 올리는 "저 사람이 가는 길을 지켜주옵소서. 제가 기도하지 않는 내일에도 지켜주옵소서." 눈물의 기도는 뼛속을 저리게 한다.

그러나 이 소설의 진가는 여기서 그치지 않는다. 절절함의 절망 끝에서도 팔딱팔딱거리는 생명과 희망을 노래하고 있기 때문이다. "어둠 속으로 영혼의 등불을 들고" 감연히 걸어가면서도 빛을 이야기한다. 짧고 힘 있는 문장이 용틀임을 친다. 시적 진술에서는 감성의 상상력이 날개를 친다. 꽃자리에서 나뭇잎 밀고 올라가는 힘을 믿는 다부진 결의가 숨어 있다.

복지카드는 숨겨도 시각장애는 숨기지 못하지만, 가난

을 딛고서면 수급자도 해지될 것을 믿으며 붉은 전차처럼 목표를 향해 달린다. 쇠파이프에 벽돌 네 개를 노끈으로 묶어 아령을 하고 벽돌 열 개를 묶으면 역기를 한다. 고통스러워도 단단한 근육을 만든다. 은지를 목마 태우고 앉았다 일어났다 반복하면서 하체를 단련시킨다. 결코 좌절하지 않는 강인한 정신력.

이 소설은 힘들고 어려운 삶의 고비를 넘어가는 사람들에게 다시 없는 용기와 사랑을 갖게 할 것이다. 나는 바라건대 이 소설이 많은 이들에게 읽혀 밝고 맑은 샘물이 되고 영혼의 빛이 되길 바란다. 그리고 무엇보다 우현준 시인이 목표하는 40화까지는 물론 이 이후의 후일담까지도 울림을 주는 감동의 소설을 써주기를 진정으로 바란다.

— 이지엽 시에그린한국시화박물관장, 경기대 명예교수

/후기/

나무들이 바람을 베는 소리가 들리는 겨울 한복판이다. 인쟁기는 21화를 앞두고 멈춰 있다. 19화를 쓰고 실명했으며, 20화를 쓰고 기력을 잃어 외출을 못 했다. 호르몬을 생성하는 부신 기능이 작동하지 않아 한 꼭지를 쓰고 나면 앓아누웠다. 컴퓨터 음성에 집중하는 글쓰기가 버거워 몸무게가 7킬로그램이 줄었고, 경증 언어장애가 생겼다.

가족사를 들어내기가 오랜 상처처럼 아프고 부담스러워도 걸어온 길을 소설 형식으로 풀어 놓고 싶었다. 설명할 방법이 없는 대목은 신앙의 영역과 독자의 몫으로 남겼다. 여백은 생각의 연필을 깎으리라. 1권에 상처 입은 영혼들을 생각하며 쓴 글을 담아 세상으로 보낸다. 벽이 헐어 못을 놓듯 기억이 인쟁기를 놓기 전에 마지막 화에 닿고 싶다.

40화를 목표로 달팽이처럼 걸었다. 갈 길은 멀고 날은 저문다. 추수를 못 하는 농부의 심정을 떠올린다. 쉬었다 가리라. 진정 쓰고 싶은 이야기를 품은 채로.

2023년 12월
하나님의 손길을 바라며 우현준

스물다섯 스물아홉 꿈꾸는 인쟁기

초판 1쇄 발행일 | 2024년 05월 31일

지은이 | 우현준
펴낸이 | 노정자
펴낸곳 | 도서출판 고요아침
편 집 | 정숙희 김남규

출판 등록 2002년 8월 1일 제 1-3094호
03678 서울시 서대문구 증가로 29길 12-27 102호
전화 | 302-3194~5
팩스 | 302-3198
E-mail | goyoachim@hanmail.net
홈페이지 | www.goyoachim.com

ISBN 979-11-6724-199-3(03810)

*책 가격은 뒤표지에 표시되어 있습니다.
*지은이와 협의에 의해 인지는 생략합니다.
*잘못된 책은 교환해 드립니다.

ⓒ 우현준, 2024